www.ingramcontent.com/pod-product-compliance
Lightning Source LLC
LaVergne TN
LVHW011731060526
838200LV00051B/3140
9781735816364

نمایشنامه

پنجره

عطا ثروتی

نمایشنامه

پنجره

نویسنده: عطا ثروتی
صفحه‌آرایی: حمیدرضا باباجان‌نژاد
طرح روی جلد: الهه انوری
نوبت چاپ: اول / ۱۳۹۹ / ۲۰۲۰
E-Book: ۹۷۸-۱-۷۳۵۸۱۶۳-۷-۱
شابک (Print): ۹۷۸-۱-۷۳۵۸۱۶۳-۶-۴
تمام حق و حقوق قصه به نویسنده متعلق است و هرگونه برداشت از این قصه غیرمجاز و تحت پیگرد قانونی قرار می‌گیرد.

کتاب‌های منتشرشده‌ی عطا ثروتی:

(مجموعه‌ی شعرهای معنوی)
من یک لوتوس هستم

رمان‌ها:

در جستجوی بهشت
تار
در جستجوی عشق
(داستان هوارد باسکرویل)

تراژدی سه‌گانه
عقد قنات
(شامل سه کتاب)

آسیه
گدا لاله
امامزاده

نمایشنامه‌ها:

سر پل ته رودخانه
پنجره

جهت تهیه کتاب‌ها:
۱. سایت www.eeiff.com
۲. انتشارات اینگرام
۳. سایت www.amazon.com
٤. کتابفروشی‌های سراسر دنیا

تابلوی اول

اطاق هتل: صحنه به دو قسمت تقسیم می‌شود. سمت راست نسبتاً مرتب و یک میز کوچک تحریر و چند صندلی، میز پذیرائی و یک میز دیگر، تخت و یک تلفن صحنه را پر کرده است. انتهای اطاق دری واقع شده است.

اطاق استاد: سمت چپ صحنه اطاق استاد است. یک میز تحریر و یک تخت، چند مبل و صندلی، یک میز پذیرائی و مقداری لوازم دیگر از جمله کتاب‌های قطور که روی میز تحریر و اطراف آن قرار گرفته صحنه را پر می‌کنند. قسمت جلوی اطاق بالکونی قرار گرفته و دوتا صندلی راحتی در آن قرار دارد. دورنمای بالکون به باغ بزرگی باز می‌شود .تزئین صحنه و طرز قرار گرفتن اشیا در صحنه آزاد است.

صحنه تاریک است، اتاق هتل روشن می‌شود. پیمان نشسته، گرفته و ناراحت است اما سعی می‌کند ظاهر خود را حفظ کند. روی میز تحریر بسته‌ای گذاشته شده است. پیمان با تماشاچیان صحبت می‌کند. روی میز دیگری چهار گیلاس مشروب قرار دارد.

پیمان   سلام دوستان، خیلی خرسندم که اینجا نشسته‌اید و به نمایش امشب ما توجه می‌کنید. من در این نمایش ایفاگر نقش پیمان هستم که البته گوینده نمایش هم هستم. راستی مشروب میل دارید براتون بریزم؟ خب تعارف می‌کنید؟ پس با اجازه‌تون خودم لبی تر می‌کنم. (**پیمان در حال مشروب ریختن**) تا فراموش نکردم باید بگویم من چند دقیقه‌ای بیشتر وقت ندارم با شما صحبت کنم زمانی که زنگ آن ساعت صدا کند، من آن بسته را باید باز کنم. این بسته مال استاد منه خیلی مایل بودم بدانم در این بسته چی برای من هدیه شده. ولی باید تا زنگ ساعت صبر کنم. از این گیلاس‌های مشروب هم تعجب نکنید. من مهمان ندارم این خواسته استاد منه که قبل از باز کردن هدیه‌اش چهار گیلاس مشروب بریزم. سلامتی خودم، استاد و زنش و دکتر که برای معالجه استاد با آن گپ می‌زند. البته نه بعنوان پزشک معالج بلکه بعنوان یک دوست و مصاحب پس من می‌نوشم. (**گیلاس را به همه گیلاس‌ها می‌زند**) بسلامتی استاد و ...

و ... زنش و دکتر، (زنـگ سـاعت) معـذرت می‌خواهـم دیگـه نمی‌تونـم باهاتـون صحبـت کنـم کار مـن شـروع شد.

بسـته را بـاز می‌کنـد. دفتـر بزرگـی را در مـی‌آورد. یادداشـتی روی دفتـر اسـت آنـرا می‌خوانـد.

صدای استاد پیمـان ایـن آخریـن میـراث استاد مشکین اسـت. آخرین آس بازنـده و اولیـن آس از ایـن لحظـه متعلـق بـه تـو اسـت و همـت و اراده تـو آنـرا کامـل می‌کنـد تنها خواسـته مـن از تـو ایـن اسـت کـه از همیـن لحظـه شـروع بـه مطالعـه آن کنـی و تـا بـه آخـر نرسـیدی از مطالعـه آن بـاز نایسـتی نمی‌دانـم زمانـی کـه بـه آخـر نمایـش می‌رسـی مـن بـه کجـا رسـیدم فقـط ایـن را می‌دانـم کـه تـو بایـد بخشـی از ایـن نمایـش باشـی.

صـدا قطـع می‌شـود. پیمـان دفتـر را بـاز کـرده شـروع بـه خوانـدن می‌کنـد. بعـد از چنـد لحظـه کتـش را در مـی‌آورد بعـد سـیگاری دود می‌کنـد. نـور قسـمت راسـت صحنـه کـه پیمـان اسـت بتدریـج محـو شـده و قسـمت چـپ صحنـه روشـن می‌شـود.. نـور می‌میـرد.

تابلوی دوم

نور صبحگاهی است، فریفته روی صندلی راحتی در بالکون مشغول مطالعه روزانه است. استاد مشکین در رختخواب خوابیده و کم‌کم بیدار می‌شود. فریفته متوجه بیدار شدنش می‌گردد.

فریفته   صبح بخیر.

استاد   صبح بخیر، ساعت چنده؟

فریفته   ده، خیلی خوابیدی. امروز مثل اینکه حالت بهتره؟

استاد   هوا چطوره؟ هنوز باران میاد؟

فریفته   نه، رگبار بود و فوری قطع شد؛ نمیخوای بلند شوی؟ هوا خیلی خوبه. اگر مایل باشی کمی با هم قدم بزنیم، برات خوب و مفیده.

استاد   نه حوصله ندارم.

فریفته   پس بلند شو بیا تو تراس، امروز یکی از بهترین

روزهــای آخــر بهــاره، بــوی تابســتان داره میــاد، بگــذار کمکــت کنــم. گرســنه نیســتی؟ می‌خواهــی بــرات صبحانه بیارم؟

بــه اســتاد کمــک می‌کنــد و اســتاد بــه بالکــون رفتــه روی صندلــی راحتــی می‌نشــیند.

استاد   دیشب خواب‌هــای زیــادی دیــدم، امــا هیچکــدام یادم نیســت، فقــط یادمــه تــو خــواب وحشــت کــرده بــودم، عــرق ســردی پیشــانیم را پوشــانده بــود. می‌ترســیدم. مثل اینکه تــو یک محــل خلــوت، تــو همان کوچه‌هــای تاریــک و ســرد و بی‌روح قدیمــی، یــک ســایه، منــو تعقیــب می‌کــرد. ولــی هرجــا می‌رفتــم ســایه خــودم بود. تا اینکه خــوردم بــه دیــوار و بینــی‌ام خونــی شــد... آره، دیگــه چیــزی یــادم نمیــاد.

فریفته   تــو تــب داشــتی، همــه اینهــا یــک کابــوس بــوده، مــن فکر می‌کنــم تــو خیالاتــی شــده باشــی. (می‌خنــدد) آره خیالاتــی، خیلــی بخــودت فشــار نیــار، تــو قــدرت داری با افکار بیهوده‌ای که تــو را شب‌ها مثل ســایه تعقیب می‌کنــد مبارزه کنی و شکستشــان بدهــی. مــن مطمئنــم کــه تــو می‌تونــی.

استاد   آره تب داشتم.

فریفته   راستی نامه دخترمان آمده نمی‌خواهی بخوانی؟

استاد   چی نوشته ممکنه برام تعریف کنی؟

فریفته   نوشــته حالــش خوبــه، موفقیتــش بهتــر از تــرم گذشــته بود. نوشته می‌خواهــد بــرای گذرانــدن تعطیلاتــش بــرود

	جنـوب آمریکا، بـا تـور دانشکده‌شـان، بـه تـو هـم سـلام رسانده، در ضمن تقاضا کرده آخرین کتاب تو وقتی از چـاپ درآمـد برایـش پست کنـی، همکلاسـی‌هایش از نوشـته‌های تـو خیلـی خوششـان آمـده. می‌خواهنـد کتـاب آخـر تـو ترجمـه کننـد. تـو کـه اجـازه می‌دهـی؟
استاد	هرچی تو بخواهی.
فریفته	خیلـی خوشـحالم اگـر پدیـده‌ی فکـری تـو همه‌جـا گسترش پیـدا کنـد، خـودت هـم حتمـاً خوشـحال می شـوی.

استاد تو فکره.

استاد	اگر وضـع پسـتخانه منظـم باشـد نامـه مـن الان بایـد به دسـتش رسـیده باشـد.
فریفته	تو برای دخترمان نامه پست کردی؟
استاد	مـن نمی‌دونـم آخریـن نامـه‌ای کـه پسـت کـردم کـی بـود؟
فریفته	آخریـن بـاری کـه رفتیـم پـارک آره... هفـت، هشـت، نـه روز پیـش بـود و مسـلماً تـا ۲ روز دیگـه بایـد دسـتش برسـد
استاد	پس باید الان اینجا باشه نکته قبول نکرده باشه؟

فریفته کنجکاو می‌شود.

فریفته	آن نامـه را بـرای کـی پسـت کـردی؟ کـی دعـوت شـده بیـاد اینجـا؟
استاد	برای تو که مهم نیست، مهمه؟

فریفته	چون تو می‌خواهی نه، اما بدم نمیاد بدونم، کی را دعوت کردی؟
استاد	من مطمئنم که تو حتماً از مهمانمان خوشت میاد. جوان فهمیده‌ای است با سواد، مودب، پولدار، خوش‌تیپ، خوش‌برخورد و اشرافی، تو باید دیده باشیش، آره خیال می‌کنم همینطوره، تو در یک مهمانی با او آشنا شدی، آن شب من سردرد داشتم حالم چندان مناسب رقصیدن نبود، تو از اول شب تا آخر شب با او رقصیدی، آره درسته مهمانی دکتر عادلجو، یادت میاد؟
فریفته	پیمان؟ پیمان که ایران نبود.
استاد	برگشته، گویا درسش تمام شده. پیمان حتماً می‌آید. اگر با ترن حرکت کرده باشه یکی از این شب‌ها باید برسه. شاید امشب، اما اگر با اتوبوس بیاید معمولاً یا ساعت ۱۱ صبح می‌رسد یا ۶ می‌رسد. بعد ازظهر شایدم با هواپیما بیاد در آنصورت ۷ شب. هر روز باید منتظرش بود. اما پیمان همیشه با اتومبیل خودش سفر می‌کند. سرعت و رانندگی را خیلی دوست دارد. حتماً سوار بر یک کورسی قرمز داره بطرف اینجا می‌آید و هر لحظه ممکنه صدای اتومبیلش شنیده شود. شایدم همین الان داره پیاده می‌شود و چند لحظه دیگر زنگ در به صدا در میاد و او وارد می‌شود.
فریفته	خیلی خوشحال می‌شوم پیش‌بینی‌ت درست در بیاد. ولی بهرحال اگر آمدنی باشه فرق نمی‌کنه با

چی بیاد، مهم اینه که بیاد.

استاد تو این چند وقت خیلی خسته شدی، همیشه مواظب من بودی، باید کمی هم بخودت برسی و اگر پیمان با کورسی قرمز رنگ قشنگش بیاید، لااقل می‌تواند کمی تو را سرگرم کنه مثلا برین پیک‌نیک.

فریفته اما من هیچگونه احساس خستگی نمی‌کنم، برعکس احساس می‌کنم خیلی هم سرحالم.

استاد تو خسته هستی، خیلی هم خسته، من هم خسته شدم، زندگی مجلل گذشته من و تو را تنبل کرده، گاهی فکر می‌کنم که اگر ثروت پدرم نبود، وضع ما چگونه بود، شاید هرگز دنبال علم نمی‌رفتم. شایدم وضعمان بهتر از وضع کنونی بود. فریفته اگر مجبور نبودیم برای دخترمان پول بفرستیم، یک خدمتکار استخدام می‌کردیم در آنصورت تو کمی وقت داشتی بخودت برسی.

فریفته من در شرایط فعلی راحت‌ترم، تو مطمئن باش به تو دروغ نمی‌گویم نباید یادت رفته باشه که ما خودمان را برای هر نوع زندگی آماده کرده‌ایم، حتی زندگی نسبتاً حقیرانه فعلی **(سکوت فریفته بطرف پنجره رفته دریا را نگاه می‌کند)** مشکین وقتی احساس نارضایتی که می‌کنم، از این پنجره به آن ماهیگیرها نگاه می‌کنم... به ماهیگیرهای پیری فکر می‌کنم که شاید هفته‌ها تورشان خالی از آب بیرون می‌آید، ولی باز مصمم به دریا باز می‌گردند، چون ماهیگیرها عاشق مبارزه هستند و هدف‌شان شکست

دادن دریـا اسـت. و بخاطـر همیـن هـم بـه شکسـت خـوردن و مأیـوس شـدن، فکـر نمی‌کننـد، حتـی اگـر گرسـنه و تشـنه هـم باشـند. و بعـد فکـر می‌کنـم کـه مـا هـر لحظـه بـاز می‌توانیـم زندگـی راحـت گذشـته را تجدیـد کنیـم، فقـط مهـم ایـن اسـت کـه تـو بخواهـی مـن پیشـنهاد دانشـگاه را بـرای تدریـس قبـول کنـم. البتـه در صورتـی کـه تـو موافـق باشـی و بـاز مخالفـت نکنـی. تـو هـم شـروع بـه نوشـتن می‌کنـی، مـا دوبـاره زنـده می‌شـویم، محبـوب و پولـدار می‌شـویم و سـعی می‌کنیـم بعـد از ایـن بخودمـان برسـیم. مـا دیـن خودمـان را بـه اجتمـاع ادا کردیـم و دیگـر نـه پولـی داریـم کـه وقـف علـم کنیـم و نـه توانائـی. حـالا دیگـه بایـد بخودمـان برسـیم. (**اسـتاد رنجیـده می‌شـود، ولـی نشـان نمی‌دهـد**) خسـته شـدی آره خیلـی حـرف زدم، بـرم یـک چیـزی بیـارم بخوریـم.

فریفتـه قصـد رفتـن می‌کنـد. اسـتاد دسـت او را می‌گیـرد.

استاد   مـن همیشـه تـوی یـک شـک و نابـاوری بـه ایـن فکـر میکنـم کـه چـرا هنـوز نتوانسـته‌ام تـو را آنطـور کـه هسـتی بشناسـم. شـایدم آدم احمقـی بـودم. فکـر می‌کـردم تـو یواشـکی بمـن خیانـت می‌کنـی. (**بلنـد می‌خنـدد و بعـد از خنـده**) چشم‌هـای تـو هـر روز وحشـی‌تر و درخشـنده‌تر می‌شـوند، بـه درخشـندگی خورشـید و آبی‌تـر از اعمـاق دریـا.

فریفته   مشـکین تـو خیلـی زیـاد از مـن تعریـف می‌کنـی، فکـر نمی‌کنـی خودمـو بگیـرم.

استاد نـه نـه اجـازه بـده حـرف بزنـم. مغلتـه نکـن حتـی زیباتریـن گربـه عالـم کـه برنـده زیباتریـن و خمارتریـن چشـم ...

فریفته مشـکین؟ مشـکین...؟ تو داری حوصله من و سر می‌بـری. دوبـاره از همـان دنیـای هپروتـی و خیالـی حـرف می‌زنـی... ایـن همـه تخیـل تـو را نابـود می‌کنـد.

استاد مـن تخیـل نمی‌کنـم، مـن فکـر می‌کنـم و ایـن بـرای مـن لازم اسـت.

فریفته تـا چقـدر؟ تـا آنجائیکـه تـرا بجنـون بکشـه. تـا آنجائیکـه تـرا مسـخ کنـد، مشـکین تـو داری تـو ایـن فکـر کـردن زیاده‌روی می‌کنـی، ایـن تخیـلات زیـاد از حـد عصیان‌هـای پیگیـر تـو را تقویـت می‌کنـد و ایـن عصیان‌هـای پیگیـر باعـث خامـوش شـدن دانـش تـو می‌شـوند. آره مشکین تـو غرق در عقایدی که سـاخته ذهـن خـودت هسـت شـدی و سـخت بـه آن پای‌بنـدی، هیـچ انتقـادی را هـم نمی‌پذیـری و هرکـس هـم از تـو انتقـاد کنـد از دایـره عقایـد تـو طـرد می‌شـود. بگـذار ایـن زنـگ خطـر را مـن بصـدا در بیـاورم مشـکین تـو خیلـی خودخواهـی و همیـن خودخواهـی تـو اسـت کـه بالاخـره تـو را نابـود می‌کنـد.

استاد نـه نـه شـما اشـتباه می‌کنیـد، همیـن جاسـت کـه فـرق بیـن مـن و شـما مشـخص می‌شـود، مـن بـرای خلـق آنچـه کـه می‌بینـم بایـد فکـر کنـم، بـه فکـر کـردن نمی‌گوینـد تخیـل، بـه سـعی کـردن بـرای شـناختن نمی‌گوینـد تخیل زیاد از حد، مـن یک معلـم هسـتم.

و یـک معلـم حـق نـدارد اشـتباه فکـر کنـد. حتـی اگـر دانش‌آمـوز، خـودش باشـد. (**سـکوت**) ایـن انتقـادات بـرای مـن عـادی شـدند اول از خانـواده شـروع شـد. مادرم، برادرهایـم، همـه مـن و طـرد کردنـد. قبـول نداشـتند امـا مـن کار خـودم و می‌کـردم. هرچـی کـه عقیـده‌ام بـود انجـام مـی‌دادم.

فریفته مشـکین معـذرت می‌خواهـم... معـذرت می‌خواهـم... مـن زیـادی عصبانـی شـدم، نمی‌بایسـت اینطـوری می‌شـد، بایـد خـودم را کنتـرل می‌کـردم. امـا مـن نمی‌خواهـم تـرا از دسـت بدهـم. بـرای همیـن هـم مواظبتـم.

استاد گاهـی حـس می‌کنـم تـو داری بمـن ترحـم می‌کنـی و آنطوریکـه مـن و وصـف می‌کنـی نیسـتم، مـن از ایـن حـس ترحـم بیـزارم، حتـی فکـرش هـم نمی‌توانـم بکنـم. فریفتـه هـر وقـت از مـن خسـته شـدی آنـاً ترکـم کـن، مـن انتظـار فـداکاری نـدارم و طـوری خـودم و سـاختم کـه می‌توانـم همـه چیـز و فرامـوش کنـم. یـا لااقـل اگـر هـم فرامـوش نکنـم، مانـع ادامـه‌ی حیاتـم نشـود. امـا نمی‌توانـم منکـر بشـوم کـه اگـر روزی مـن را تـرک کنـی، مثـل یـک خاطـره همیشـه در ذهنـم باقـی خواهـی مانـد.

فریفته مشـکین بـس کـن، تروخـدا بـس کـن، تـو گرسـنه‌ات شـد، بـزار یـک کمپـوت بـرات بیـارم... آره کمپـوت میـارم، خواهـش می‌کنـم دیگـه بسـه، بهـش فکـر نکـن. (**صـدای اتومبیـل از دور**) هـی مـا منتظـر کـی بودیـم؟

اسـتاد بطـرف بالکـون مـی‌رود و بـه بیـرون نـگاه

می‌کند. صدای ماشین کم‌کم زیاد می‌شود و نزدیک و بعد جلوی خانه استاد ترمز می‌کند. استاد با نگاه مسیر اتومبیل را تعقیب می‌کند موقعیت خانه باید طوری باشد که بالکون درست پشت خانه قرار گیرد. فریفته هم به بالکون می‌رود.

استاد   یک کورسی قرمز از آن ته خیابان داره میاد، حتماً خودشه، توی ماشین دیده نمی‌شود.

فریفته   جلوی خانه ما ایستاد باید خودش باشه.

صدای ترمز اتومبیل صدای بسته شدن در اتومبیل صدای زنگ خانه. استاد و فریفته بهم نگاه می‌کنند دوباره زنگ بصدا در می‌آید.

استاد   نمی‌خواهی مهمانمان را دعوت کنی بیاد تو؟

فریفته   چرا خیلی خوشحال می‌شوم الان دعوتشان می‌کنم.

فریفته خارج می‌شود. استاد روی صندلی راحتی در بالکون می‌نشیند و منتظر است.

صدای پیمان   سلام خانم منزل استاد مشکین؟

صدای فریفته   آقای پیمان؟

صدای پیمان   بله خودم هستم. پس اشتباه نیامدم. استاد تشریف دارند.

صدای فریفته   بله لطفا بفرمائید تو ما منتظرتان بودیم.

صدای در که بسته می‌شود و صدای راه رفتن روی پله‌ها.

صدای پیمان	اگر اشتباه نکنم شما همسر استاد هستید فریفته خانم؟ بله درسته.
صدای فریفته	اشتباه نمی‌کنید.

صدا کم‌کم بلند و نزدیک می‌شود.

صدای پیمان	شما من را بخاطر نمی‌آورید؟
صدای فریفته	شاید بخاطر بیاورم، ولی من کمی کندذهن شدم شما باید ببخشید.

در حالی که وارد صحنه می‌شوند فریفته صحبت می‌کند.

فریفته	این هم استاد از دیدنتان خیلی خوشحال می‌شوند.

چند لحظه سکوت. استاد بلند شده بطرف پیمان می‌آید کمی یکدیگر را نگاه می‌کنند و بعد استاد برگشته روی صندلی راحتی می‌نشیند. فریفته دستپاچه شروع به حرف زدن می‌کند.

فریفته	شما چی میل دارید. شما آقای پیمان چی میل دارید. براتون بیاورم ویسکی، کنیاک یا شیرقهوه چطوره؟
پیمان	متشکرم چیزی میل ندارم.
فریفته	نه‌نه شما حتماً باید چیزی بخورید. چون راه طولانی را طی کردید. خیلی خسته هستید براتون شیرقهوه می‌آورم. حتما بدتان نمیاد با ما بخورید من می‌روم بیاورم. راستی مشکین توچی؟ تو هم می‌خوری؟ ما باید آمدن پیمان را جشن بگیریم. می‌دانید آقای

پیمان ما خیلی تنها بودیم. مخصوصاً مشکین، خیلی خوشحاله. من میرم قهوه بیاورم چیز دیگه‌ای میل ندارید، تو که گرسنت نیست مشکین؟

استاد نه ولی با شما قهوه می‌خورم (**فریفته خارج می‌شود**) به چی فکر می‌کنید؟ به من؟ خیلی از آمدنت پشیمانی؟ می‌تونی برگردی... من دلگیر نمی‌شوم.

پیمان نه نه استاد، من می‌مانم. (**سکوت**) وقتی نامه‌تان بدستم رسید. حس می‌کردم بال و پر گرفتم و می‌توانم به هر جائی که بخواهم پرواز کنم، خیال می‌کردم آدم مهمی شدم، از آمدن به اینجا خیلی خرسند بودم... اما حالا متأسفم که اینجا هستم. (**سکوت**) استاد می‌خواستی آیندام را نشانم بدهی؟ اما من هرگز خودم را مثل شما خنده‌دار نمی‌کنم.

استاد چرا؟ چی فکر می‌کنی؟ بگو راحت باش چیزیت شده؟

پیمان نمی‌دونم... واقعاً نمی‌دونم.

استاد هیچ عملی بدون انگیزه صورت نمی‌گیرد. من تو را خوب می‌شناسم تو می‌خواهی مجبوری چیزی را قبول کنی.

پیمان میل دارید براتون یک داستان تعریف کنم استاد؟

استاد حتماً... خوشحال می‌شوم.

پیمان دوستی داشتم که از دوران کودکی می‌شناختمش، ما به اندازه‌ای به هم نزدیک بودیم که گاهی حس

می‌کـردم یـک روح بودیـم در دو جسـم، دوران کودکـی گذشـت، مدرسـه دبیرسـتان طـی شـد. و مـا بـه اتفـاق وارد دانشـگاه شـدیم. وقتـی روزهـای اول کلاس دانشـکده شـروع شـد، وضـع متشـنجی داشـتیم، محیـط دانشـگاه ما را گرفتـه بـود، تـا اینکـه مدتـی گذشـت و دوسـتم مـورد تمسـخر دیگـر دانشـجویان و همکلاسـی‌ها قـرار گرفـت. (**سـکوت پیمـان ناراحـت و متشـنج**) در آن لحظـات از خـدا می‌خواسـتم قـدرت و اراده‌ای داشـتم کـه همـه آن لجن‌هـا را کـه کتابخانـه‌ای را مطالعـه کـرده بودنـد و الفـاظ و حفـظ و بـا بـازی کـردن بـا الفـاظ دوسـت بیچـاره مـن را بـه تمسـخر می‌گرفتنـد، خفـه شـان کنـم.

استاد بلـه درسـته الفـاظ ناقـل معانـی نیسـتند. اگـر کسـی گمـان می‌کنـد کـه بـرای پـی بـردن بـه معانـی و شـکوفا شـدن معنویـت خویـش منحصـراً بایـد متوسـل بـه مطالعـه الفـاظ شـود اشـتباه کـرده و فقـط عبـارات را نردبـان ارتقـاء نفسـانیات خـود محسـوب نمـوده اسـت. و در ایـن صـورت حافظـه خویـش را بسـته و روح کنجـکاو خـود را در چهـار دیـواری منطقـی بی‌پایـه محصـور کـرده اسـت. چـه ذات الفـاظ اسـاس و پایـه اسـت و نـه اصـل بـه معنویـت رسـیدن... در ثانـی فضیلـت بـدون رسـیدن بـه معنویـت روحـی بـه هیچ‌جـا نمی‌رسـد و گاهـی بـه خرابـی هـم کشـیده می‌شـود، تـو می‌بایسـت ایـن را بـه آنهـا می‌گفتـی.

پیمان بطـور یقیـن یـک مخـزن مملـو از آب کـه بـر اثـر توقـف و سـکون در یـک محـل متعفـن شـده، گواراتـر از آب صافـی یـک چشـمه جـاری نخواهـد بـود... آنهـا هـم متعفن شـده

بودنـد و از آب صـاف آن چشـمه وحشـت داشـتند.

استاد عجیبـه مـن ایـن و نمی‌دونسـتم اسـم دوسـتت چـی بـود؟

پیمان دیگـه بـرای شـما چـه اهمیتـی داره؟ هیچـی، هیچـی همـه چیـز گذشـته فرامـوش شـده. **(نارحـت و عصبـی و آهسـته حـرف می‌زنـد)** امـا بالاخـره یکیشـان می‌بایسـت پیـروز می‌شـدند. و حـالا فقـط یکـی باقـی مانـده، دوسـت مـن دیگـه پیـر شـده، فرامـوش شـده، زمـان، زمـان آن را پیـر کـرد. زمـان همـه چیـز را پیـر می‌کنـد. امـا خـودش، خـودش چـی؟ چـرا پیـر نمیشـه؟ بالاخـره یـک وقـت هـم خـود زمـان پیـر، پیـر میشـه، امـا کـی؟

استاد زمـان همیشـه جوانـه، مـا گاهـی آن را پیـر می‌بینیـم... و دلیـل ضعـف خـود را بگـردن زمـان می‌اندازیـم... بخاطـر اینکـه از آن ضعیف‌تریـم.

پیمان ولـی انسـان، انسـان را نمی‌تـوان قـدرت کوچکـی بحسـاب آورد. بلـه انسـان بالاخـره بـر زمـان غلبـه می‌کنـد، پیـروز میشـه امـا کـی اسـتاد؟ چـه وقـت آسـوده و راحـت بـه حقیقـت می‌اندیشـه؟ کـی حقیقـت را لمـس می‌کنـد؟

استاد وقتـی مـرز انسـانیت شکسـته شـود. انسـان اطمینان‌خاطـر پیـدا می‌کنـد، چـه او همیشـه مضطـرب و آشـفته اسـت. و ایـن اضطـراب و آشـفتگی بـه نیم‌سـوخته‌ای شـبیه اسـت کـه شـعله‌هایش خامـوش اسـت و فقـط دود غلیظـی از آن تنـوره می‌کشـد. امـا نـه صـدا دارد و نـه مسـیر معینـی و بلافاصلـه بعـد از خـروج شکسـته می‌شـود و بالاخـره

از بین می‌رود. اما شعله مغرور و سرکش است و هرگز شکسته نمی‌شود، مگر با مانع باد آنهم آنی و زودگذر و باز استوار و مغرور زبانه می‌کشد...

پیمان: اما آب، آب آتش و خاموش می‌کند.

استاد: (**خنده تمسخرآمیزی می‌کند**) خیلی مسخره است، مدت‌ها کوشش و تلاش راهی را باز می‌کند و تو قبل از باز شدن راه فکر می‌کنی کار تمام شده. و تو به آخرخط رسیدی و دیگر محکوم به توقفی، دیگر جای حرکت نداری، وقتی وارد می‌شوی خودت را درون دایره‌ای بسته محبوس می‌بینی و هر طرف دایره را مشاهده کنی درهای بسته دیگری است که باید باز شوند و تازه هر کدام را که باز کنی، باز همان دایره بسته و تو، باز تکرار، تکرار و باز تکرار.

پیمان: قدرت در مقابل قدرت، استثنا در مقابل قاعده و زمان در مقابل چی؟

استاد: زمان حجات وقایع است، زمان صندوقچه حوادث است و قدرت سلاح زمان و زمان در مبارزه با انسان کدام پیروزند؟ (**می‌خندند**) چقدر مسخره است، انسان، زمان، قدرت، دایره بسته، استثنا، قانون، قاعده و اون؟

پیمان: کی استاد؟

استاد به حالت پریشانی و عصبی خود برمی‌گردد و از خود بی‌خود می‌شود.

استاد: او از همه قدرتمندتره، اما تو نمی‌فهمی. یعنی

نمی‌تونی بفهمی **(استاد عصبانی و تندخو می‌شود و صدایش کم‌کم بلندتر و بلندتر)** ببین این‌را تو آن مغز گندیده‌ات فرو کن، اگر آمدی اینجا که زندگی من و بهم بریزی کور خواندی، راه را اشتباه آمدی، پس برمی‌گردی، اگر خیال داری مبارزه کنی بدون که لهت می‌کنم مثل تفاله.

پیمان استاد شما چتون شده؟ شما دارید هذیان می‌گویید و یا بمن توهین می‌کنید؟

استاد توهین می‌کنم؟ تو هم مثل همه آن لنجن‌ها هستی، همه‌تان لجن‌اید. مثل کرم‌های آدمخور می‌افتید به جان آدم و همه وجودشو می‌مکید...

پیمان استاد من به اینجا دعوت شدم، بدون دعوت نیامدم، در ثانی من فرسنگ‌ها راه و طی نکردم که زندگی گذشته‌ام تکرار شود.

استاد تو خودت هم تکراری، تکرار...

پیمان من از تکرار وحشت دارم، من سال‌ها تلاش کردم که از وجودم یک آدم با یک عقیده به نام خودم بسازم و موفق هم شدم، حالا اگر خیلی ناراحتید فوراً اینجا را ترک می‌کنم، همین الان، بله باید ترک کنم من توانائی تحمل چنین وضعی را ندارم. می‌خواهم باقی بمانم.

پیمان وسایلش را جمع می‌کند. استاد مضطرب است، صدای زنگ خانه استاد متعجب و پریشان است، کم‌کم آرام می‌شود.

صدای فریفته	بله الان می‌آیم.

پیمان قصد رفتن دارد. صدای استاد او را متوقف می‌کند.

استاد	(آهسته) رفت و آمدهای پنهانی همیشگی؟ (بطرف پیمان بر می‌گردد) نه تو نمیری. تو به اینجا دعوت شدی. بدون خداحافظی اینجا را ترک نمی‌کنی. ادب این اجازه را به تو نمی‌دهد. خصوصاً اینکه تو به آداب و رسوم اهمیت فوق‌العاده‌ای می‌گذاری، تو هنوز از خانم خانه خداحافظی نکردی.
پیمان	باشه منتظر می‌مانم تا خداحافظی کنم. و هر وقت عرض ادب کردم اینجا را ترک می‌کنم.
استاد	تو این حرفو جدی نزدی، درسته؟ آره تو کسی نیستی که به این زودی جا بزنی، از شکست هم خوشت نمیاد.
پیمان	استاد گفتم من برای شکست یا پیروزی یا مبارزه به اینجا نیامدم، و اگر هم ندونسته برای دوئل دعوت شدم و در این دوئل شکست‌خوردم این شکست را می‌پذیرم و اینجا را ترک می‌کنم، ولی تا آنجائی که من می‌دانم برای دوئل دعوت نشدم.
استاد	پس خیال می‌کنی برای چی دعوت شدی؟
پیمان	خودم هم نمی‌دانم، فقط می‌دونم که دعوت شدم، اون هم از طرف استادم.
استاد	حتماً میل داری بدونی برای چی دعوت شدی هان؟
پیمان	مسلماً بدم ......

استاد	پس گوش کن برات بگم. پیمان باید اطلاع داشته باشی که من از ترحم بیزارم. و نمی‌خواهم کسی نسبت بمن حس ترحم داشته باشد.
پیمان	بله می‌دونم اما ......
استاد	تو حرف من حرف نزن. فکر من کمی قاطی می‌شه، یادم می‌رود چی می‌خواستم بگویم. چی داشتم می‌گفتم؟... هان زن من به من ترحم می‌کند، او از این وضع خسته شده، تو باید به او کمک کنی، باید قانعش کنی، اگر از من خسته شده، منو ترک کنه. یا لااقل گذشته از اینکه کمی بمن کمک می‌کند حتی‌الامکان آن را از خانه بیرون ببری – تمام وقتش تو خانه می‌گذره، روحش خسته شده. مخصوصاً با آن کورسی قرمز قشنگت می‌توانی سرگرمش کنی. زن من عاشق سرعت است. همین الان دعوتش کن تا ماشین جدیدت را ببیند بعد هم سوارش کن گاز بده تا می‌تونی سرعت برو و بعد کنار استخر ترمز کن و هلش بده تو استخر و خودت هم شیرجه برو. من هم از این بالا شما را تماشا می‌کنم. (صدای پای فریفته) داره میاد یادت نره همین الان دعوتش کن.

فریفته وارد می‌شود.

فریفته	نوشیدنی‌ها حاضره. من ترجیح دادم تو باغ بخوریم، هوا خیلی بهتر از اینجاست.
استاد	آره خیلی خوبه، خیلی، خصوصاً برای قدم زدن، سواری، شنا...

پیمان	در این‌صورت من می‌توانم امیدوار باشم که شما خانم فریفته این اطراف را بمن نشان بدهید. باید خیلی دیدنی باشه.
استاد	در ضمن دعوت هم شدی که ماشین جدید پیمان و بازدید کنی. (می‌خندد) پیشنهاد خوبیه من هم از این بالا شما را تماشا می‌کنم، بعد هم می‌آیم توی باغ دور هم جمع می‌شویم.
فریفته	شما خسته هستید. بهتر نیست دوشی بگیرید. کمی استراحت کنید و بعد به اتفاق مشکین دوری می‌زنیم.
استاد	نه فریفته تو نباید دعوت پیمان را رد کنی. او مهمان ماست در ثانی بعد از سواری، شنا می‌کند، با دوش گرفتن تفاوتی ندارد.
پیمان	آره درسته پیشنهاد خوبیه، سواری و شنا... پس قبول کردید؟
فریفته	باشه.

پیمان دست فریفته را گرفته خارج می‌شوند. استاد مضطرب می‌شود به طرف بالکون می‌رود صدای اتومبیل که دور می‌شود. استاد برای آنها دست تکان می‌دهد بعد سریع به طرف میز رفته مقداری کاغذ بیرون می‌آورد و شروع به نوشتن می‌کند صدای ماشین نزدیک و دور می‌شود و بوق می‌زند. استاد برخواسته و به طرف بالکون می‌رود.

صدای پیمان	خوشتان میاد؟
استاد	تندتر، تندتر، سرعت، سرعت تا آخرین حد.

صدای خنده پیمان و فریفته و صدای آنها نامفهوم که شوخی می‌کنند. صدای اتومبیل که نزدیک و دور می‌شود و استاد همواره مسیر بین میز و بالکون را طی می‌کند البته وقتی صدا نزدیک می‌شود به بالکون می‌رود. حالت آشفتگی و عصیان استاد ظاهراً بیشتر و بیشتر می‌شود.

استاد	بالاخره پیدا می‌کنم، من پیروز می‌شوم، شکست برای من مفهومی نداره، من همیشه پیروزم...

صدا نزدیک می‌شود و استاد به بالکون می‌رود بلند و دیوانه‌وار می‌خندد.

استاد	عالیه، عالیه پیمان، هلش بده تو استخر، هان خودت هم شیرجه برو هیجان...

صدای افتادن فریفته در آب صدای خنده و جیغ پیمان و فریفته صدای شنا کردن و آب.

استاد	عالی بود، خودتم شیرجه برو، نگذار بیاد بیرون (دیوانه‌وار می‌خندد) بغلش کن هان عالیه خوبه.

بطرف میز می‌آید و سریع شروع به نوشتن می‌کند و نور کم شده صحنه تاریک می‌شود. نور می‌میرد.

پایان تابلوی دوم.

تابلوی سوم.

صحنه در اتاق می‌باشد. فریفته مشغول نظافت اتاق است در می‌زنند.

فریفته بفرمائید تو...

دکتر میان‌سالی وارد می‌شود. کیفی در دست و عینکی طبی بر چشم دارد.

دکتر روزبخیر خانم مشکین، فکر نمی‌کنم که دیر کرده باشم. درست ساعت ۱۱:۳۰ دقیقه است.

فریفته روز بخیر دکتر، نه اتفاقاً به موقع آمدید. نمی‌دانم محبت‌های شما را چطور جبران کنم.

دکتر بلافاصله بعد از دیدن یادداشت‌تان حرکت کردم. من بشما مدیونم خانم مشکین، بسیار خرسند می‌شدم اگر روزی فرصتی پیش می‌آمد تا ارادت قلبی‌ام را نسبت به شما و استاد ابراز کنم. دخترمو یادتان می‌آید؟ دختر من همیشه مدیون محبت‌های شما است و حالا فرصتی که مدت‌ها منتظرش بودم

	پیش آمده و من باید استفاده کنم.
فریفته	خیلی متشکرم دکتر من هم باید از دخترتان ممنون باشم که سبب آشنایی ما شد. مسافرت که خوش گذشت؟
دکتر	ای بد نبود. خانم مشکین ترجیح می‌دهم تا سرو کله استاد پیدا نشده حرفهایمان را بزنیم. از استاد بگویید؟
فریفته	دکتر، مشکین دوباره وقتش را تو زیرزمین می‌گذراند. تو زیرزمین داره یه کارهایی می‌کند که نمی‌خواهد من از آن اطلاع پیدا کنم. خیلی دلم می‌خواست بدانم تو زیرزمین چی میگذره؟ خیلی نگران هستم. شایدم یکی از این روزها جسد بدار زده‌اش را از زیرزمین بیرون بکشند. دکتر نمی‌توانم پیش‌بینی کنم که آخرش این ماهی بزرگ می‌تواند از این برکه مستحکم سالم فرار کند یا نه، ولی من باید سالم فرارش بدهم.
دکتر	خانم مشکین، ما سعی خودمان را می‌کنیم. باید به اطلاع‌تان برسانم که بعد از پنج ماهی که من با استاد سر و کله زدم بالاخره به این نتیجه رسیدم که بهر ترتیبی شده استاد باید بستری شود. می‌ترسم استاد و از دست بدهیم. ترتیب کارها را هم دادم. با بیمارستان تماس گرفتم و هر وقت آماده باشیم آمبولانس می‌فرستم.
فریفته	نه دکتر، ما هیچوقت نمی‌تونیم استاد را بستری کنیم. حتی حرفش را هم نمی‌تونیم بزنیم. هر کاری

می‌کنیم مهم نیست فقط اسم دکتر و بیمارستان و بستری شدن به گوش استاد برسه، اعصابش بهم می‌ریزد.

دکتر پس شما اهمیت به بهبود استاد نمی‌دهید. چون استاد در یک حالت شوک فکری بسر می‌برد. و قادر نیست تصمیم درست و منطقی برای بهبود خودش بگیرد. استاد بطور کلی به بهبود خودش اهمیتی نمی دهد.

فریفته (**با عصبانیت**) دکتر چرا متوجه نیستید. استاد از هر چی دکتر و بیمارستان و دارو است متنفره و اگر کوچک‌ترین شکّی از وجود دکتر که شما باشید در این خانه ببرد. دیگه پای هیچ جنبنده‌ای به اینجا باز نخواهد شد.

دکتر ولی ما نباید بیکار نشسته و شاهد مرگشان باشیم. فراموش نکنید خانم مشکین ما در مقابل آیندگان مسئولیّت داریم. می‌دانید خانم مشکین مخالفت شما برای بستری کردن استاد بناچار مرا دچار این تردید می‌کند که تمام تلاش شما فقط برای تظاهر برای اینکه تاریخ سیمای یک زن مهربان را از شما نشان دهد. برای اینکه نسل‌های بعد به شما لعنت نفرستند.

فریفته دکتر از نسل حال و گذشته برای من قصه نگویید. و بهتر هم هست که کاری هم به کارشان نداشته باشی. بگذار بحال خودشان باشند و حرص و طمع و مقام‌پرستی و عیش و عشرت و فرسودگی آنها را

همچنـان روی دایـره گچـی بچرخانـد.

دکتــر خانم استاد شاید شما در مقابل نسـل آینده مسئولیتی حس نکنید، اما در مقابل وجدان و اخلاق و خدای خود چی؟

فریفتـه آقـای دکتـر مـن نمی‌دانسـتم شـما معلـم اخـلاق و دیـن هـم هسـتید، بنظر می‌رسـد شـما در سـایه‌ی آفتـی بـه نـام دیانـت مذهبـی، مـدار فکـری و حسـی و عقلـی و علمـی و انسـانی خـود را بسـته‌اید و طرفـدار ترویـج خرافـات شـده‌اید، و جـزء آن دسـته مذهبیـون هسـتید کـه بخاطـر منافـع شـخصی خـود دنیـا را یـا سـیاه می‌بینیـد یـا سـفید، زیبـا یـا زشـت، و انسـان‌ها را مؤمـن یـا کافـر، دوسـت یـا دشـمن... آنهاییکـه ندانسـته و نـادان افـکار و ایده‌هـای اسـتعمارگرانه و گمراه‌کننـده‌ی شـما را قبـول می‌کننـد را زیبـا و مؤمـن و دوسـت و بهشـتی می‌دانیـد و آنهاییکـه دانسـته بـه ایـن خرافـات و دروغ و مزخرفـات شـما پشـت می‌کننـد را زشـت و کافـر و دشـمن و جهنمـی قلمـداد می‌کنیـد... آقـای دکتـر مؤمن، انسـان سـالم کسـی اسـت کـه دنیـا را نـه سـفید ببینـد و نـه سـیاه... برنـگ خاکسـتری آنهـم واقـف باشـد ... انسـان‌ها را نـه در حکـم دشـمن ببینـد و نـه دوسـت... نـه زیبـا ببینـد و نـه زشـت.... آقـای دکتـر مؤمن انسـان‌ها بـا هـم هیـچ دشـمنی ندارنـد، آنچـه را کـه شـما آن‌را دشـمنی می‌دانیـد چیـزی نیسـت جـز تفـاوت بیـن انسـان‌ها... و نـه مخالفـت و دشـمنی...بیـن آنهـا... مـا همـه بـا هـم متفاوتیـم... بـا افـکار و خواسـته‌های متفـاوت... بـا شـکل، بـو، طعـم و رنـگ متفـاوت... شـما دیـن‌داران ایـن

تفاوت‌ها را در حکم خوب و بد، غلط و درست، زشت و زیبا، دوستی و دشمنی و مخالفت می‌بینید... در صورتی که چنین نیست، جهان گلستانی است پر از گل‌های زیبا و گوناگون با شکل و بوهای معطر و متفاوت... و گاهی یکی دوتا گل بدبو و خاردار بین آنها پیدا می‌شود... و این آن تفاوته است که میزان را تکمیل می‌کند... و همه‌ی ما هم یکی از این گل‌های زیبا هستیم... با بویی معطر و یا با بویی بد و مدفون... و این ما هستیم که باید این تصمیم را بگیریم که جزء ۹۰ درصد گل‌های زیبا و معطر باشیم و یا ۱۰ درصد گل‌ها با بویی بد و مدفون و خاردار که در آخر هم روح و وجود این گروه دین‌دار بظاهر متدین که بهتر است اسمش را نان به نرخ روز خوردن است بگذاریم، از شراب حسد، خشم، افسردگی و اضطراب پر می‌شود که نتیجه‌اش چیزی نیست جز قبول عصیان، خشم و از هم‌گسستگی روحی که منجر به نفرت درونی می‌شود و برای آنانی که مخالف عقیده شما باشند آرزو و حکم مرگ صادر می‌کنید و برای تبرئه خود از این عمل جنایت‌کارانه‌تان با خدا هم وارد معامله می‌شوید و آن را به خدا نسبت داده و در خدمت و راه برای رضایت خدا قلم‌داد می‌کنید... و هیچ شرمی هم از این عمل شرم‌آور خود ندارید ... آقای دکتر، فراموش نکنید، زیبایی طبیعت ما انسان‌ها در همین تفاوت‌ها و تنوع‌ها است که ما را کامل می‌کند... احترام گذاشتن به حق و حقوق دیگران و بردباری ما انسان‌ها برای درک و قبول عقاید دیگران هر

چند هم که مخالف عقاید ما باشد، و این آزادگی انسان است که حاضر است جان خود را بدهد که دیگران به آزادی حرف خود را بزنند حتی اگر مخالف عقیده‌های ما باشد، نه عقیده‌ی استعمارگرانه‌ای شما متدینین... بنابراین از این تظاهر به دین و ایمان‌تان برای من حرفی نزنید که حالم را بهم می‌زند...

پیمان وارد می‌شود. فریفته بسیار عصبانی و ناراحت است.

پیمان آقای دکتر آیا به این فکر کرده‌اید که اگر فرضیه شما مذهبیون متعصب درست باشد، باید هفتاد درصد آدم‌هایی که خود این خدا خلق کرده است را خودش در آتش جهنم بسوزاند، و در این‌صورت می‌دانید که شما با فرضیه دینی خود حتی عدالت خدا را هم زیر سئوال می‌برید؟ البته یادتان باشد دکتر، فریفته خانم و یا من و آدم‌هایی مثل ما مخالف دین نیستیم... ما مخالف خرافات دینی هستیم که مؤمنانی مثل شما را وارد دین کرده‌اند و مردم ساده‌دل را گمراه و سرکیسه می‌کنند... و خشم و نفرت را به آنها می‌آموزند در حالی که دین مظهر عشق و محبت و دوستی و برابری و قبول آزادگی انسان است و نه کنترل او... در ثانی، دکتر فراموش نکنید انسان برای رسیدن به حقیقت وجود خود و برقرار کردن رابطه با خدای خودش به میانجی‌گر احتیاجی ندارد... خودش مستقیماً قادر به مکالمه با خدای خودش میباشد...

دکتر نسلی امروز...

فریفته ... همین نسل امروز و دیروزی که حرفش و می‌زنی، همین نسل مؤمنینی که سنگش را به سینه می‌زنی یا نسل بعد بپرسی گذشته را برای چه آموخته‌ای به خیال خودشان از زبان وجدان بیدار و فطرت و هوشیار و زنده آنها خواهی شنید که فریاد می‌زنند برای اخذ نتایج آنی. اما اگر از آنها بپرسی کدام نتیجه خاموش خواهند ماند و ... ولی اگر یکبار دیگر سؤال اولت را تکرار کنی. خواهی دید که همان جواب تکرار خواهد شد بدون اینکه یک واو از آن حذف شده باشد...

پیمان ... علتش هم کاملاً واضح است. چون عوامل تطبیق و ابتکار در مغزشان خفته است. و جنبه تقلید و تکرار در پندار و کردارشان بیشتر ظهور دارد. و به همین علت همیشه صاحبان این نوع افکار سربار جامعه علمی و ریزه‌خوار زحمات طاقت‌فرسای شبانه‌روزی دانشمندان و فقرا بوده و هستند. و متأسفانه در تمام دوران عمر خود نخواسته و نتوانسته‌اند که حتی با یک اظهارنظر جزئی موجودیت وجودی خودشان و بهشتی که شما رهبران مذهبی به دروغ به آنها قول داده‌اید را ثابت کنند...

فریفته ... و معلوم نیست چرا نخواسته‌اند که کتب فطرت خود را گشوده و بجای اینکه دارای وجود دیگران را حفظ کنند دارائی وجود خود را مطالعه نمایند و از طبیعت و به همان‌قدر قانع شده‌اند که مجبوری به آنها تفویض شده و به همان هدایت می‌شوند. پس دکتر شما را با این نسل کذایی‌تان تنها می‌گذارم.

چـون حالـم داره از ایـن زندگـی و از ایـن نسـل بهـم می خـوره.

فریفته خارج می‌شود.

دکتر این‌طـور تفکـر بی‌شـباهت بطـرز مدافعـات یـک وکیـل دادگسـتری نیسـت کـه در محاکـم قضایـی اعلامیه‌هـای دفـاع از حـوادث اتهامـی مختلـف و یـا جرائـم منسـوب بـه موکلیـن خـود را بقسـمی کـه بـا موازیـن قانونـی متداولـه و تبصـره‌ای متعلـق بـه آن نمایـد ترتیـب می‌دهـد. یعنـی افـکار یـک وکیـل حـق نـدارد کـه از چاردیـواری قانـون بگـذرد مگـر قوانیـن را بـا نـوع مدافعـات خـود تفسـیر نمایـد.

پیمان دکتـر مـا داریـم همدیگـر را گـول می‌زنیـم، داریـم سـعی می‌کنیـم ادیبانـه حـرف بزنیـم اظهـار فضـل کنیـم. و فقـط شـعار بدهیـم در صورتیکـه در حـال عمـل هسـتیم. و خـدا شـاهد اسـت خودمـان هـم حرف‌هـای خودمـان را درک نمی‌کنیـم. دکتـر فرامـوش نکنیـد مـا وظیفـه سـنگینی بـه عهـده داریـم کـه فرامـوش کردیـم، زندگـی اسـتاد. بلـه دکتـر مـا داریـم بحث‌هـای ادیبانـه و فاضلانـه می‌کنیـم. نظریـه می‌دهیـم، از مـردم و نسـل‌ها صحبـت می‌کنیـم در حالیکـه فاجعـه بـزرگ ایـن نسـل در چنـد قدمـی مـا در شـرف اتفـاق افتـادن اسـت و مـا نسـبت بـه آن بی‌تفاوتیـم. و آن مـرگ اسـتاد اسـت کـه هـر لحظـه امـکان دارد اتفـاق بیافتـد. (**آهسـته**) و دکتـر ایـن نسـلی کـه حرفـش و می‌زنـی همیـن الان تـو دانشـکده‌ها تـو کتاب‌هـا و حتـی قهوه‌خانه‌هـا و همه‌جـا دارنـد از فضـل همیـن اسـتاد بهره‌منـد می‌شـوند. نظریه‌هایشـان را

شعارگونه می‌خوانند و بخود می‌بالند ولی بی‌خبرند از اینکه استاد در فقر و ناتوانی دست و پنجه نرم می‌کند. نسلی که نجات روح خود را در بت‌پرستی می‌بینند و شادی روح خود را در مرده‌پرستی و گریه و زاری... و آنوقت ما داریم زور این نسل و می‌زنیم و استادمان را فراموش کردیم.

دکتر معذرت می‌خواهم. معذرت می‌خواهم. باید اقرار کنم که گاهی بله، من زیاده‌روی می‌کنم، بله قبول می‌کنم، قبول می‌کنم که اینجا بدجوری تو تله افتادم.

پیمان با یک مشت آدم احمق، آدم‌هایی که ظاهرشان احمقانه و رفتارشان احمقانه‌تره.

دکتر اما اینجا را با شما موافق نیستم.

پیمان این نظر و خواسته مردمه و شایدم خود شما دکتر، اما شهامت بیان آن را نداری.

دکتر (**دستپاچه**) باید یک موضوعی را اقرار کنم. من حس کردم که بی‌توجهی جامعه علمی و کلاً بی‌توجهی دوستان و آشنایان و مردم این شهر به استاد برای او خیلی ناراحت‌کننده بوده و روی همین اصل در یک مهمانی که فرماندار و شهردار و سایر رؤسای شهرستان حضور داشتند. از استاد سخن گفتم و بالاخره آنجا تصمیم گرفته شد که از استاد تجلیل بعمل آید. خصوصا فرماندار خیلی خوشحال بود که با استاد نشستی داشته باشد.

پیمان البته من نمی‌دونم کار درستی کرده‌اید یا غلط،

فقـط ایـن را می‌دانـم کـه شـما از کاری کـه کردیـد خیلـی خرسـند هسـتید. مـن اگـر جـای اسـتاد بـودم از ایـن تحلیـل نگـران می‌شـدم.

پیمـان بطـرف بالکـون مـی‌رود جـا می‌خـورد نگـران می‌شـود، سـکوت.

پیمان استاد از زیر زمین آمد بیرون کنار استخر ایستاد.

دکتر بتراس می‌رود. سکوت.

دکتر مـن میـرم پیـش اسـتاد. شـاید بفهمـم تـو زیرزمیـن چـه خبـره.

از در سـمت چـپ خـارج می‌شـود و فریفتـه از سـمت راسـت وارد می‌شـود.

فریفته دکتر رفت؟

پیمان آره رفـت پیـش اسـتاد. گفـت شـاید بتوانـد بفهمـد تـو آن زیرزمیـن چـی می‌گـذره ولـی تـو نبایـد از حرف‌هـای دکتـر رنجیـده باشـی منظـوری نـدارد.

فریفته پیمـان، ایـن حـوادث پـی در پـی و متعـدد آرامـش مـن و سـلب کـرده و هرچـی سـعی میکنـم برخـود مسـلط باشـم گاهـی حـس میکنـم قـادر نیسـتم.

پیمان مـا بایـد حتی‌الامـکان سـعی کنیـم آرامـش خودمـان را حفـظ کنیـم. در غیـر اینصـورت از حـال اسـتاد غافـل می شـویم.

فریفته می‌دانی الان چی برای استاد هدیه رسیده؟

پیمان نه.

فریفته یک خرگوش سفید خانگی بسیار زیبا.

پیمان خرگوش سفید خانگی!؟

فریفته بله برای استاد فرستادند. یک نامه هم همراه آن بود که استاد اصلاً نخواند. ولی از خرگوش خیلی خوشش آمد. این همان نامه است. بخوان.

پیمان (**نامه را می‌خواند**) استاد بزرگ، ما چند کتاب شما را خواندیم بسیار عالی بود. و چون شنیدیم که شما در اینجا سکونت دارید تصمیم گرفتیم هدیه‌ای ناقابل تقدیم حضورتان کنم. هیچ‌چیز جز خرگوش سفید خانگی مناسب ندیدیم. چون شما فرسوده‌خاطر شده‌اید و کم‌حوصله و بهترین همدم و همبازی شما می‌تواند همین خرگوش باشد. ما این خرگوش را دیروز از جنگل گرفتیم. امیدوارم هدیه ما بچه‌های دبستان‌آینده را قبول کنید.

امضاء دانش‌آموزان دبستان آینده.

پیمان (**مضطرب**) عجیبه، بعد از دوسال یک هدیه آنهم خرگوش سفید خانگی از طرف یک عده‌ای دانش‌آموز! شاید این یک شوخیه یک شوخی کثیف.

فریفته شاید هم بچه‌ها با صفا و صمیمیت و سادگی فرستادند. در هر صورت استاد آنقدر از این هدیه خرسند شده که جای توصیف ندارد. تو پوست خودش نمی‌گنجد. بی‌اراده خندید و خرگوش و بوسید و بعد از اینکه مدتی آن را نگاه کرد بردش تو زیر زمین و گفت بهترین هدیه‌ای بوده که می‌توانسته قبول کند، ولی اصلاً نامه را نخواند که فرستنده‌های

هدیه را بشناسد.

پیمان می‌گویم چطوره با دانشگاه تماس بگیرم و بچه‌ها را دعوت کنیم به دیدن او بیایند. و شاید استاد با ملاقات بچه‌ها تا حدودی خوشحال شده و تغییر عقیده بدهد.

فریفته نمی‌دونم، فقط این و می‌دانم که راهی که او پیش گرفته جز فاجعه و جنون و مرگ، پایانی ندارد. این تخیلات، مدت‌ها نشستن و فکر کردن و ساعت‌ها به یک نقطه خیره شدن و حرف نزدن، گوشه‌گیری اختیار کردن، یک سری کارهای نامفهوم و نامشخص چه معنی و چه پایانی می‌تواند داشته باشد، جز دیوانگی و جنون و مرگ.

پیمان من با استاد صحبت می‌کنم و به او می‌گویم که بچه‌ها نامه نوشتند و خواستند به دیدن او بیایند. آره این کار را می‌کنم، اگر بچه‌ها با هدیه‌هایی که تهیه می‌کنند، به دیدن استاد بیایند، حتماً خوشحال می‌شود، مگر نه اینکه یک خرگوش سفید خانگی آنقدر او را خوشحال کرده.

فریفته امیدوارم چنین باشد. ولی من چشمم آب نمی‌خوره.

پیمان نمی‌دانم گذشته چی بوده، فقط این و می‌دونم که شما گاهی فکر می‌کنید بی‌فایده هستند. چرا از زندگی ناامید هستید؟ در صورتیکه غیر از این است، شما بیش از آن می‌توانید مفید باشید که بتوانید فکرش را بکنید، فقط شهامت و همت می‌خواهد که شما دارید.

فریفته	گاهی خودم هم نمی‌دونم چی می‌خواهم. (**سکوت**) اما می‌خواهم استاد باقی بماند، نمی‌خواهم استاد را از دست بدهم.
پیمان	این حرف و جدی نمی‌زنی، شما به حرف خودتون شک دارید و مطمئناً هنوزم برای پذیرفتن استاد مردد و دودل هستید. شما از استاد می‌ترسید، یک ترس مخفیانه و ظریف که شاید خودتم حس نکنی.
فریفته	شاید!
پیمان	خیال می‌کنید دوستش دارید؟
فریفته	نمی‌دونم فقط می‌دونم بهش عادت کردم.
پیمان	دوستش دارید؟
	سکوت.
فریفته	قبل از اینکه استاد و ببینم عاشق کسی شدم. اما بجایی نرسید، فقط ناامیدی و افسردگی به‌همراه داشت... ولی بعد از آن هرگز به عشق فکر نکردم و معتقد هم نیستم. من با همه دوستم. با این تفاوت که با شوهرم بیشتر یعنی خیلی بیشتر دوستم. چون با او زندگی می‌کنم و روابط جنسی دارم، البته ممکنه من عشق را گم کرده باشم؟
پیمان	تعجب‌آوره.
فریفته	چی؟
پیمان	نمی‌دانم درست فکر می‌کنم یا نه، اما من برای

عشق مقام مقدسی قائلم و تصور می‌کنم عشق قسمتی از وجود آدم می‌باشد که باید پیدایش کرد و اگر پیدا شود انسان قدرت انجام هر کاری را حتی اگر به ذهنش هم ناهنجار بیاید را در پناه آن خواهد داشت. اما تعجب من از این است که چرا شما تصور دیگری از عشق دارید؟ البته گفتم شاید من اشتباه می‌کنم و حتماً هم همینطور است، شما خوب فکر می‌کنید. شاید استاد در ساختن شخصیت شما تأثیر گذاشته باشد و شاید هم شما به استاد کمک کرده باشید که خودش را بسازد. و شاید هم لازم و ملزم یکدیگرید، ولی در هر حال من به استاد حسودی می‌کنم.

فریفته چرا؟ مگر استاد چه هیزم تری به‌شما فروخته. تا آنجائیکه من می‌دانم استاد همیشه لااقل بشما محبت کرده، شاید تو از حالات ناگهانی استاد رنجیده باشی؟ نه تو نباید اینطور فکر کنی، تو که می‌دونی در آن حالات ناگهانی شخصیت عادی استاد نیست که تصمیم می‌گیرد. بهتره بگویم شخصیت دومش تصمیم می‌گیرد.

پیمان اما علت حسادت من این مسائل نیست؟

فریفته پس چی می‌تونه باشه که من نمی‌توانم حدس بزنم؟

سکوت. به فریفته می‌نگرد.

پیمان شما (**سکوت**) آرزو می‌کنم من هم شانس استاد را داشتم.

فریفته	(می‌خندد) اگر منظورتان من هست، متشکرم، اما خیال نمی‌کنید بیش از حد از من تعریف می‌کنید. و من فقط می‌توانم از شما تشکر کنم.

فریفته خارج می‌شود و استاد داخل می‌گردد در این صحنه استاد با متانت و آهسته و شمرده صحبت می‌کند و بین صحبتهایش مکث دارد. و گاهی سرفه می‌کند.

استاد	پیمان بنشین می‌خواهم چند دقیقه‌ای با هم صحبت کنیم. پیمان من از نوشتن و بطور کلی معلم اجتماعی بودن خسته شدم. باید از اولش هم می‌دونستم که من اهل این کار نیستم. من یک شیمی‌دان بودم، حالا می‌خواهم به راه اولم برگردم. و در این زمینه هم تحقیق کنم... تو می‌خواهی بمن کمک کنی؟
پیمان	شیمیست! ... البته و البته – استاد اما شما و شیمی؟
استاد	تعجب می‌کنی؟
پیمان	استاد شما یک نویسنده بزرگ شدید، یک جامعه‌شناس بزرگ، یک روان‌شناس مقتدر و شیمی فرسنگ‌ها با شما فاصله گرفته.
استاد	همانطور که امواج صوت با یک محاسبه منظم و دقیقی در فضا منتشر شده و دستگاه‌های گیرنده در هرجا که باشند به نسبت قدرت و توانائی خود آن صداها را ضبط می‌نماید، آثار فکری افراد هم مطمئناً گیرنده‌های متناسب خود را بدون قید زمان اعم از اینکه بخواهد و یا نخواهد در طول معنویات و بنا به

خواسته‌های خودشان جستجو خواهند کرد. البته نباید فراموش نمود که همزمان با مطالعه کتب باید به اجتهاد در شخصیت خویش پرداخت و از مزایای معنویت خویش بهره‌مند گردید و من این کار را در زمینه علوم اجتماعی کردم در حالیکه یک شیمی‌دان بودم. ولی حالا می‌خواهم به تجربیات خود در زمینه شیمی بپردازم و قصد دارم یک آزمایشگاه بسازم ... ولی پولم کافی نیست. اما مانع کار من نمی‌تواند باشد چون وسائل را کم‌کم تهیه می‌کنم.

پیمان دستپاچه می‌شود. و سعی می‌کند خود را خوشحال نشان دهد.

پیمان   من وسائل را تهیه می‌کنم اما ... چون هر چی باشه من هم یک شیمیست هستم و برای من هم مفید خواهد بود که عملاً در محضر استاد تجربیاتی کسب کنم. راستش اگر قرار بود خودم به‌تنهایی این کار را بکنم، دودل بودم و شاید اصلاً انجام نمی‌دادم، ولی حالا فرق می‌کند. شما و من، من یقین دارم ما موفق می‌شویم و بخاطر این موفقیت باید شراب نوشید.

استاد   مشروب؟ هنوز نتوانسته‌ام نظریه جامعی راجع به آن داشته باشم. باید اقرار کنم دو چیز همیشه من را شکست داده‌اند. مشروب که قصد داشتم اصلاً ننوشم و نوشیدم و زن؟ زن که گواراترین شراب خلاقیت است. و می‌خواستم نبوسم و ننوشم، هم بوسیدم و هم نوشیدم.

پیمان	گاهی این فکر را می‌کنم که اگر زن نبود شاید هستی ناقص بود. راستی استاد بچه‌های دانشکده و استادها قصد دارند برای دیدن شما به اینجا بیایند. طی یک نامه تلگرافی که فرستادند به ما اطلاع داده‌اند و اجازه خواستند.
استاد	نامه بچه‌ها! استادها! همه آنها را می‌شناسم.
پیمان	(با تعجب) همه آنها را می‌شناسید؟
استاد	آره فراموش‌شان نکردم، شما فکر نمی‌کنی این اقدام آنها کمی عجولانه و غیر عادلانه باشه؟
پیمان	متوجه نیستم؟
استاد	(لبخند تلخی دارد) با آمدن آنها کلاس‌ها تعطیل می‌شود. و با تعطیل شدن کلاس‌ها بچه‌ها چند ساعتی از اندوختن علم عقب می‌افتند. کارگرهای بوفه‌ی دانشکده بیکار می‌شوند و بوفه دانشکده را هم سکوت مرگ‌بار فرا می‌گیرد. و شاید هم استادها چند ساعتی کمتر پول دریافت کنند و دچار ضرر اقتصادی شوند. آن همه ضرر و مشقت فقط بخاطر دیدن و خوشحال کردن من؟ نه این درست نیست (آهسته می‌خندد، سکوت) به آنها جواب بدهید ما به دیدن آنها خواهیم شتافت. (سکوت) ما از همین الان شروع می‌کنیم. (دستش را دراز می‌کند و با پیمان دست می‌دهد) به امید موفقیت.

نور کم کم می‌میرد.

پایان تابلوی سوم.

تابلوی چهارم

اتاق هتل پیمان مشغول مطالعه است. عرق کرده پریشان و بسیار ناراحت است و سیگار دود می‌کند. تلفن چندین زنگ می‌زند. اما پیمان همچنان مشغول مطالعه است و توجهی ندارد. تا اینکه در اتاق را می‌زنند. توجهی نمی‌کند.

پیمان   (با عصبانیت زیاد) کیه؟ کیه؟ چی می‌خواهی؟

صدای مردی   (از پشت در) آقای پیمان شما اینجا هستید ما نگران شدیم آخه تلفن خیلی زنگ زد. یک خانم بود و می‌گفت نامزدتان هست از مرکز صحبت می‌کند هنوز هم روی خط هستند ...

پیمان ناراحت و تند قدم می‌زند، سیگار دود می‌کند و متوجه نیست.

پیمان   خوب آقا بس کنید، برو برو بگو وقت ندارد صحبت کند.

صدای مردی   چشم قربان ...

از پشــت در پیمان تلفن را برداشــته خانــه استاد را می‌گیــرد. چنــد زنــگ می‌زنــد. ولــی پیمــان قطــع می‌کنــد.

پیمان   نــه بایــد کمکش کنــم... تلفن فایــده نــداره حداقل مــن بایــد خواسته‌اش را عمــل کنــم ...

صدای مردی   آقــای پیمان مثــل اینکــه شما حال‌تــان خــوب نیســت می‌خواهیــد دکتــر خبــر کنــم؟

از پشت در زنگ تلفن. گوشی را برمی‌دارد.

پیمان   گم‌شــو دیوانــه... این تلفــن لعنتــی را قطــع کــن زنگــش دیوانــه‌ام می‌کنــد... قطــع کــن لعنتــی را.

صدای زنی از تلفن   پیمــان عزیــزم تــو چــت شــده؟ چــرا فریــاد می‌زنــی؟ پیمــان تــو حالــت خــوب نیســت چــی شــده؟

پشت تلفن

پیمان   (عصبانــی بــه ســر خــودش فریــاد می‌زنــد.) استاد مــن چقــدر احمــق بــودم کــه نمی‌دانســتم بــرای چــی دعــوت شــدم، بایــد بفهمــم، استاد آخــر چــرا ایــن کار را کردیــد؟

صدای زنی از تلفن   پیمان عزیــزم از اتــاق بیــرون نیــا، مــن همیــن الان پــرواز می‌کنــم، خــودم و می‌رســانم می‌آیــم آنجــا عزیــزم.

پشت تلفن

پیمان   شــماها یــک مشــت دیوانــه‌ی احمــق هســتید، می‌خواهــم هفتــاد ســال ســیاه بــه اینجا نرســی، تلفــن قطــع شــد... (تلفــن را از بــرق می‌کنــد) استاد تــو حتی دقیقــاً قلب

مرا هم تصویر کرده بودی ... (**بطرف میز رفته صفحاتی را که خوانده است نگاه می‌کند**) آره حتی دقیقاً تعیین کرده بودی که من در هر ساعت چند صفحه مطالعه می‌کنم. استاد من چقدر غافل بودم، یک احمق بیچاره که نمی‌دونست اطرافش چی می‌گذره.

زنگ ساعت. بطرف میز رفته شروع به مطالعه می‌کند و بعد آرام سرش را پائین می‌آورد و عکس می‌شود و فقط صدایش می‌آید.

صدای پیمان بله باید اقرار کنم که بالاخره من به این نتیجه رسیدم که باید خانه استاد را برخلاف میلم ترک کنم و این درست زمانی اتفاق افتاد که من حس کرده بودم استاد به من اطمینان ندارد. و حتی در طول مدتی که ما در آزمایشگاه شیمی کار می‌کردیم بارها مرا از آزمایشگاه اخراج کرده بود و مخفیانه کار می‌کرد. و من هر چه کوشیدم هرگز متوجه نشدم استاد در آزمایشگاه چه می‌کند. بالاخره کار استاد در آزمایشگاه تمام شد و شاید استاد به نتیجه‌ای رسیده بود. اما من از نتیجه هیچ اطلاعی نداشتم. دیگر حس می‌شد استاد از این کار هم خسته شده و شاید دنبال یک کار دیگری می‌گشت یک سرگرمی دیگر. البته تنها علت اینکه من تصمیم به ترک خانه استاد گرفتم این نبود که من... من ... از این بگذریم آره بگذریم ولی شما بدانید که استاد دیوانه‌وار زنش را دوست داشت تا آنجائیکه حتی اگر زنی هم با او هم صحبت می‌شد حسادت تمام وجود استاد را

می‌گرفت، ولی هرگز این را اقرار نمی‌کرد. با اینکه می‌دانست اشتباه می‌کند، اما هرگز نتوانست این حسادت را فراموش کند. اگر چه استاد در فقر و تنگدستی روزگار می‌گذراند، ولی حاضر نبود زنش در مقابل دستمزد هفتگی که دانشگاه برای تدریس به او می‌پرداخت تدریس کند. چون بیمناک بود که فریفته زنش او را ترک کند و یا عاشق مرد دیگری شود. این اواخر هم غیرمستقیم به آنها کمک مالی می‌کردم و فریفته زن استاد از این بابت بسیار آزرده و ناراحت بود. تا اینکه من مجبور شدم، مجبور شدم...

صحنه تاریک می‌شود.

پایان تابلوی چهارم

تابلوی پنجم

اتــاق استاد. پیمان روی صندلـی راحتـی در بالکون نشســته و فکـر می‌کنـد. بعــد بلنـد شــده و مشـغول جمــع‌آوری اشــیاء خــود می‌شــود. فریفتــه وارد می‌شــود.

فریفته: پیمـان، استاد دیوانـه‌وار دکتـر و زد و از خانـه بیـرون کـرد، بالاخـره فهمیـد کـه یـک دکتـر داره باهـاش سرو کلـه می‌زنـه.

فریفته با دیدن پیمان تعجب می‌کند.

فریفته: پیمان تو داری چیکار می‌کنی؟

پیمان: وسائلم را جمع می‌کنم.

فریفته: بـرای چـی؟ نکنـه خیـال داری نـه... نـه... تـو اینکار را نبایـد بکنـی.

پیمان: ولـی خیـال دارم اینجـا را تـرک کنـم و اینـکار را هم

می‌کنم. من اینجا را ترک می‌کنم... شاید برگردم انگلیس.

فریفته نه، گفتم تو اینکارو نمی‌کنی، تنها گذاشتن استاد در چنین شرایطی جداً بی‌انصافیه، تو باید کاری را که شروع کردی به آخر برسانی.

سکوت.

پیمان من به خاطر استاد اینجا را ترک می‌کنم، چون استادم و دوست دارم. خانم مشکین شما بی‌نظیرید، فکر شما قابل ستایش است. اما گاهی شجاعت شما در دوستی انسان را دچار دردسر می‌کند. تا جائی که هی آدم مجبور می‌شود که از وجود خودش، اعتقاد و ایمان خودش دست بکشد. اما من تسلیم نمی‌شوم.

فریفته پیمان تو چت شده معلومه چی میگویی؟ چیکار می‌کنی؟

فریفته وسائل پیمان را از چمدان برمی‌دارد و سرجایش می‌گذارد.

فریفته نه تو اینجا را ترک نمی‌کنی، تو من‌و تنها نمی‌گذاری، هیچ وقت.

چندی در سکوت بهم نگاه می‌کنند.

پیمان فریفته من عاشق تو شدم... (**بلند و عصبی**) وای خدای من، من آنقدر گستاخ شدم که دارم به استادم خیانت می‌کنم، در خانه او به زنش اظهار عشق می‌کنم.

فریفته خود را رها کرده به بالکون پناه می‌برد

پنجره /// عطا ثروتی

و به باغ نگاه می‌کند. دستپاچه است ولی خودش را حفظ می‌کند.

پیمان این کثیف‌ترین و نفرت‌انگیزترین عشقی است که می‌توان بیان کرد اما قدرت عشق این جسارت را در من بوجود آورده.

فریفته (**تند حرف می‌زند**) استاد، استاد از زیرزمین آمده بیرون داره زمین و گود می‌کند. مثل اینکه می‌خواهد یک چیزی را خاک کند. آره همینطوره آره خرگوش سفید خانگی! آن و داره خاک می‌کنه، خرگوش مرده! مرگ خرگوش حتماً برای استاد خیلی باید ناراحت‌کننده باشد.

پیمان او از مرگ خرگوش آنقدر خرسند است که من از این عشقم متنفرم.

سکوت.

فریفته پیمان باید اقرار کنم که تازگی‌ها حس می‌کنم... عاشق استادم... نمی‌توانم خودم و گول بزنم، بالاخره مجبور شدم پیش تو اقرار کنم، من بدون استاد قادر به ادامه زندگی نیستم. به او عادت کردم.

پیمان چرا تا حالا این را به او نگفتی؟ تو که به عشق معتقد نبودی؟ می‌گفتی عشق نتیجه فکر کردنه، با حرص فکر کردن. می‌گفتی عشق پنجاه درصد میل عاطفی است و پنجاه درصد کشش جنسی است، هنوز هم اینطور فکر می‌کنی؟

فریفته شاید من عشق و گم کرده بودم. شاید به این علت

به آن فکر نمی‌کردم که خیال می‌کردم آدم‌های عاشق اسیرند. اسیر عشقشان و این مانع پیشرفت آنها می‌شود. اما بالاخره متوجه شدم که غیر از این است. درست عکس اعتقاد من، ولی بهرحال تو نباید سرزنشم کنی، آخه اینجا شهر شلوغیه، هر کس بفکر منفعت خودشه. شایدم عاشق شدن تا این موقع برای من منفعت داشت، چون من حالا عشق را درک می‌کنم.

پیمان تو عاشق استاد نبودی، ولی با میل و رغبت باهاش ازدواج کردی.

فریفته بخاطر اینکه آدم راستگویی بود و شیله پیله تو کارش نبود. البته این را بعد فهمیدم. چیزی که همیشه مرا رنج می‌داد دو رنگی و دغلی مردها بوده که او نداشت. راستش من اول از استاد می‌ترسیدم. حتی از داشتن یک رابطه ساده و دوستانه که از بحث و گفتگو تجاوز نمی‌کرد. ناخودآگاه و بدون هیچ دلیلی همیشه سعی می‌کردم عقایدش را رد کنم، بدون اینکه به موقعیت فکری و روحی او توجهی داشته باشم طردش می‌کردم. گاهی فکر می‌کردم کار درستی می‌کنم و لحظه‌ای در این بیم و شک که شاید اشتباه می‌کنم، ولی من خیال می‌کردم که او داره من و می‌کوبد. داره عقایدم را رد می‌کند و هر وقت این را بهش می‌گفتم یک لحظه ساکت می‌شد و می‌گفت... نه فریفته، من عقیده هیچ‌کس و رد نمی‌کنم، بخصوص ترا، من بتو ایمان دارم، حتماً تو، شاید تو منظور من و متوجه نمی‌شوی یا اینکه برداشت درستی

از گفته‌هایـم نمی‌کنـی. شـاید هـم مـن قـادر نیسـتم منظـورم را درسـت بیـان کنـم و ایـن ضعـف مـن هسـت، سـعی می‌کنـم برطرفـش کنـم.

پیمان غـرور و جاه‌طلبـی شـما و اسـتاد را زندانـی کـرده بـود. در صورتیکـه اگـر یکـی از شـما شـهامت اقـرار داشـتید یکـی از شـما قـدم جلـو می‌گذاشـتید و حقیقـت وجـود خـود را بیـان می‌کردیـد، ایـن همـه جنـگ و گریـز بیهـوده معنـی و مفهومـی نداشـت، فقـط یکـی می‌بایسـت پیش‌قـدم می‌شـد. فقـط یکـی.

فریفته ولـی مـن نمی‌توانسـتم آن یـک نفـر باشـم بعـد از جدایـی از نامـزد اولـم ناامیـدی تمـام وجـود مـرا احاطـه کـرده بـود، مـن بیهـوده بـا خـودم مبـارزه می‌کـردم، سـعی می‌کـردم ایـن حقیقـت را قبـول نکنـم، امـا گاهـی نمی‌توانسـتم تحمـل کنـم و بـه ایـن ناامیـدی اقـرار می‌کـردم، در ایـن لحظـات اقـرار حـس می‌کـردم سـبک شـدم ولـی حتـی ایـن را هـم نمی‌پذیرفتـم، چـون احسـاس می‌کـردم در آنصـورت بی‌فایـده هسـتم و نمی‌خواسـتم بی‌فایـده باشـم. امـا مـن واقعـاً بی‌فایـده بـودم و از ایـن رنـج می‌بـردم و بـرای اینکـه خـودم را تبرئـه کنـم بـرای خـودم دلیـل و آیـه مـی‌آوردم کـه مـن بـه هیـچ چیـز اهمیـت نمی‌دهـم، مـن بـه عشـق معتقـد نیسـتم، در صورتیکـه مـن از عشـق می‌ترسـیدم، ولـی بـا این‌حـال ایـن تـزی را کـه بـه آن شـک داشـتم بـرای همـه تکـرار می‌کـردم. و بظاهـر بخـودم می‌بالیـدم و لااقـل شـهامت داشـتم کـه بخـودم بگویـم خانـم ایـن تـز شـما غلـط اسـت و شـما داریـد خودتـان را گـول می‌زنیـد

	و از این شهامت خرسند بودم.
پیمان	و با وجود این شهامت باز سیر طبیعی عقاید خودتان را دنبال می‌کردید.
فریفته	نه من بالاخره تصمیم خودم و گرفتم، فقط کمی همت می‌خواست و استاد این همت و بمن داد و من بالاخره خودم را فراموش کردم. و از استاد خواستم بیشتر حرف بزند. و او با میل زیاد پذیرفت، با سعی و همفکری خودم بالاخره امید و پیدا کردم، ولی هرگز این تغییر و تحول وجود خودم را اقرار نکردم.
پیمان	و استاد همیشه از این مسائل رنج می‌برد؟
فریفته	می‌دونم اما به‌هر صورت من عوض شدم و استاد باید از این خوشحال باشه.

وسائل پیمان را جمع می‌کند. درون ساکش می‌گذارد و می‌بندد.

| فریفته | هیچ‌وقت فراموشت نمی‌کنم. |

پیمان ساکش را برداشته و قصد خارج شدن دارد.

| پیمان | ای کاش همیشه آدم‌ها شهامت و اطمینان گفتن همه چیز را داشتند. براتون دعا می‌کنم. |

پیمان خارج می‌شود. فریفته بعد از کمی مکث به بالکون رفته روی صندلی راحتی می‌نشیند. صدای اتومبیل که روشن می‌شود و دور می‌گردد. فریفته جاده را نگاه می‌کند. صندلی آرام حرکت می‌کند. استاد وارد شده بطرف میزش می‌رود.

استاد سرفه‌هایش طولانی است و ادامه دارد. ساکت و آرام است و آهسته و متفکرانه صحبت می‌کند. نگاه‌های طولانی دارد.

استاد	(سرفه می‌کند) این سرفه‌ها دارند طولانی‌تر می‌شوند. بدجوری اذیتم می‌کنند. (سکوت) چی شده گرفته‌ای چرا حرف نمی‌زنی؟
فریفته	رفت... پیمان و می‌گویم، ما را ترک کرد.
استاد	لبخند می‌زند. می‌دانستم که بزودی اینجا را ترک می‌کند. برای همین قبلاً یک هدیه برای او به هتل فرستادم.
فریفته	تو از اینکه ما را ترک کرده ناراحت نیستی؟
استاد	چرا باید ناراحت باشم؟ اینجا خانه من و تو است، نه خانه او. (سرفه) او بالاخره می‌بایست می‌رفت، اما به نظر می‌رسد تو خیلی ناراحتی؟ (سکوت) تو هم اگر مایل باشی می‌توانی من و ترک کنی. (سرفه) دنبالش برو پیمان عاشق تو بود. برای همین اینجا را ترک کرد.
فریفته	عاشق من!؟

استاد در حال حرف زدن بالای سر فریفته می‌رود و می‌ایستد.

استاد	قلباً این را می‌گویم. می‌توانی تصمیم بگیری. من جای تو باشم می‌روم. هرچی باشه پیمان جوانه، آینده درخشانی دارد. ثروت و مکنت دارد و من پیرو فرتوت... بلند شو برو و تا دیر نشده... پیمان تو

هتـل منتظـر تـو اسـت. گاهـی رفتـن بـه نفـع آدمـه... گاهـی خیانـت سودمنـده، نجـات بخشـه.

فریفته: (عصبـی مشـکین را بغـل می‌کنـد) مشکین بـس کـن، خواهـش می‌کنـم حرفـش و نـزن، مـن از ایـن سـود می‌گـذرم و اینجـا می‌مانـم. تـو هـم اشـتباه می‌کنـی مشکین. تـو درس بزرگـی بمـا دادی.

استاد: هیچ‌کـس چیـزی را کـه از دیگـری می‌آمـوزد. ماننـد آنچـه خـود ابتـکار نمـوده اسـت درک نمی‌کنـد. (سـرفه)

فریفته: (سکوت) آیا هرگز به من دروغ گفتی؟

استاد: نمی‌دانم ولی هرگز نخواستم ناراحتت کنم.

فریفته: من ایمان داشتم که تو آدم راستگویی هستی.

استاد: چـرا آدم همیشـه بایـد راسـت حـرف بزنـد؟ چـرا همیشـه بایـد زیبائـی را انتخـاب کنـد؟ مگـر زشـتی چـه عیبـی دارد، چـه گناهـی کـرده؟

فریفته: هیـچ چیـزی جـای راسـتی را نمی‌گیـرد، حتـی زشـتی هـم حقیقـت اسـت.

استاد: وقتـی راسـت‌ترین مطلـب دلـم را بیـان می‌کنـم، حـس می‌کنـم بزرگ‌تریـن دروغ عالـم و گفتـم و وقتـی دروغ‌تریـن حـرف زندگیـم را می‌زنـم از خـودم متنفـر می‌شـوم، دور یـک دایـره گچـی بسـرعت می‌دوم و فریـاد می‌کشـم و کسـی فریـادم را نمی‌شـنود. امـا در عیـن بی‌حسـی، حـس می‌کنـم بـه ضبـط صوتـی شـبیه هسـتم کـه وقـت نـوارش تمـام می‌شـود، عاجـز و فرسـوده و بیهـوده اسـت و ایـن مـن را رنـج می‌دهـد.

فریفته	مشکین حتی این رنج در این شرایط لذت‌بخشه، من شیفته این رنج هستم اما قدرت احساسش را ندارم.
استاد	تو خیلی محطاطانه با من رفتار می‌کنی. گاهی فکر می‌کنم چرا تو من و برای زندگی انتخاب کردی؟
فریفته	چون عکس‌العمل‌های تو با آدم‌های معمولی فرق داشت، حتی ظاهرت فرق داشت، یک حالت آهن و آهنربا رو نسبت به تو پیدا کرده بودم. (**می‌خندد**) خنده داره، اول بنظر من نرمال بنظر نمی‌آمدی، از تو می‌ترسیدم، بی‌اراده ملاقاتت می‌کردم. ولی بعد فهمیدم که تو خیلی معلومات داری، خیلی می‌فهمی، آنقدر که بتوانی دست منو بگیری. با تو احساس وجود و زنده بودن می‌کردم.
استاد	اولین بار وقتی دیدمت بفکرم هم نمی‌رسید که به تو فکر کنم. من می‌خواستم با یکی از دوست‌های تو دوست شوم. (**سرفه می‌کند**) لعنتی داشتم می‌گفتم، آره من از یکی از دوست‌های تو خوشم آمده بود و می‌خواستم با اون دوست بشوم، اسمش و بخاطر نمی‌آورم. نه راستی شما برای یه کاری آمده بودید آنجا؟ مثل اینکه یه کاری می‌خواستی بکنی، خدای من چی کار بود؟ دیگه حواس ندارم. (**سرفه میکند**)
فریفته	من می‌خواستم برای درسم تحقیقی تهیه کنم.
استاد	اوه آره یادم آمد، من با آن دو نفر دوستای تو صحبت کردم، بله من می‌خواستم آنها تحقیقاتشان را در

اختیار من هم بگذارند، آنوقت دعوتم کردند سر میز شما بنشینم نشستم و ...

فریفته   من؟

استاد   آره تو...

فریفته   من چی؟

استاد   (**می‌خندد همراه با سرفه**) تو را دیدم صحبت کردیم، خوشم آمد، تو خوب حرف زدی، حس می‌شد داری... نه نه اشتباه می‌کنم تو با همه دخترهایی که تا آن زمان دیده بودم فرق داشتی. خوب فکر می‌کردی، لااقل به حرف‌های من گوش می‌دادی و این خودش خیلی بود. تو خودت بودی.

فریفته   تو برای من علامت سوال بودی، جلب شده بودم که تو را بشناسم، ابتدا خیال می‌کردم تو شخصیت ثابتی نداری، اما بعد فهمیدم اشتباه می‌کنم و تو مخصوصاً از دیگران فرار می‌کنی، ولی درباره من عکس این فرض صادق بود، من می‌دانستم که تو بازم بطرف من می‌آیی. و من این و از خدا می‌خواستم، شناخت شخصیت تو به تحقیق من خیلی کمک می‌کرد. خیلی مایل بودم بدانم تو چرا با دیگران فرق داری، با حرص ضمیر باطن تو را کند و کاو می‌کردم.

استاد   (**سرفه می‌کند**) بمن گفتی علیل هستم، اما من می‌دانستم که علیل نیستم، تو از من قول گرفتی به حرف‌های تو فکر کنم من هم کردم. اما علیل نبودم. به تو گفتم، (**می‌خندد**) اما تو کلک روان‌شناسی

را زده بودی، راستی درباره من بکجا رسیدی؟ هنوز بمن نگفتی؟

فریفته تو واقعاً برنده بودی، همیشه و همه‌جا، ولی من نه برنده بودم و نه بازنده، وقتی یادم میاد که سه سال زندگی و جوانی من را نامزد اولم با خیال‌بافی‌های خودش بیهوده تلف کرد. از خودم متنفر شده بودم، از مردها هم همینطور، آن پول را بمن ترجیح داد و از آن به بعد دلم می‌خواست مفید باشم، و به هیچ مردی فکر نکنم، خیال می‌کردم که می‌تونم اما، اما تو همه چیز و عوض کردی، همه چیز را.

استاد راستی می‌دانی امروز چه روزی است؟

فریفته نه اما فکر می‌کنم ... آره سالگرد ازدواجمان، درسته ما در چنین روزی ازدواج کردیم.

استاد **(سرفه می‌کند)** پیشنهاد می‌کنم امشب بمناسبت سالگرد ازدواجمان جشن بگیریم.

استاد عصبی است ولی سعی می‌کند خود را کنترل کند. سرفه‌هایش شدیدتر می‌شود. به زور خود را خوشحال و خندان نشان می‌دهد. اما این حالت زودگذر است.

فریفته پیشنهاد خوب و بجایی است من وسائل جشن را تهیه می کنم.

فریفته بلند می‌شود، استاد مانع شد و خود شروع به تهیه وسائل جشن می‌کند.

استاد نه من این کار را می‌کنم.

فریفته اما تو حالت چندان مناسب نیست بهتره من این کار را بکنم.

استاد من سرحالِ سرحالم، می‌بینی که هیچ ناراحتی ندارم، (**سرفه می‌کند**) خواهش می‌کنم بنشین ما جشن ساده‌ای می‌گیریم، فقط شراب می‌نوشیم. اما با لباس‌های تازه و نو، تو باید لباس شب عروسیت را بپوشی، بلند شو من هم می‌پوشم آخه جشن رسمی برگزار می‌شود.

هر دو می‌خندند و هر کس بطرفی می‌رود. این صحنه طوری است که از دری استاد خارج می‌شود و بلافاصله از در دیگر فریفته داخل می‌شود. چندین بار این حرکت تکرار می‌شود و مشغول لباس پوشیدن هستند و دنبال لباس‌های خود می‌گردند و در حین عمل با هم صحبت می‌کنند.

استاد کروات من باید توی آن اتاق باشه.

استاد خارج می‌شود و فریفته وارد می‌شود.

فریفته (**با صدای بلند**) کفش‌های من برق اول را ندارد، به براقی اولش نیستند.

استاد مهم نیست. همه چیز که همیشه نو نمی‌مونه.

فریفته خارج می‌شود و استاد وارد می‌شود.

استاد (**با صدای بلند**) اما کفش‌های من کجا است؟

استاد خارج می‌شود و بعد از چند لحظه که

صحنه خالی می‌ماند و هر دو از درهای مقابل با عجله وارد می‌شوند و سینه به سینه قرار می‌گیرند.

استاد: کفش‌های عروسی من گم شده مثل اینکه پاره شده باشند. (می‌خندد) اصلاً من از اول عمرم نتوانستم یک آدم رسمی و مرتبی باشم.

فریفته: جورابهات چی آنهم گم شده.

استاد: متأسفانه بله ولی مهم نیست من پای برهنه در جشن شرکت می‌کنم. (سرفه می‌کند. پا برهنه می‌شود) توکه ناراحت نمی‌شوی؟ من با پای برهنه شما را همراهی کنم هان؟

فریفته: نه مهم این است که جشن برگزار می‌شود.

چند بار دیگر برای آماده شدن داخل و خارج می‌شوند. استاد وارد می‌شود.

استاد: من حاضرم.

فریفته وارد می‌شود.

فریفته: من هم همینطور.

استاد و فریفته دست در دست هم وارد اتاق می‌شوند لباس‌های فریفته بسیار ساده و سفید است و اما لباس کامل نیست. فریفته خیلی رسمی می‌نشیند استاد سرفه می‌کند.

استاد: تقاضا می‌کنم شما استراحت کنید خانم (صندلی را جلو می‌کشد فریفته می‌نشیند) خانم چی

	میل دارند ویسکی، (**سرفه می‌کند**) شراب؟ با هم شراب می‌نوشیم مثل شب ازدواجمان، شراب.
فریفته	همین الان می‌ریزم.
استاد	نه نه شما بفرمائید خواهش می‌کنم این وظیفه من است. (**سرفه**) قرار شد همه چیز مثل شب ازدواجمان پیش بره، آنشب من شراب آوردم، حتماً هم خانم یادشان هست و فراموش نکردند.

می‌خندند. استاد خارج می‌شود و فریفته مستقیم نگاه می‌کند و به آرامی صحبت می‌کند.

| فریفته | شراب خرگوش سفید خانگی! قاطی ماده بی‌هوش‌کننده، باید شراب خوش‌مزه‌ای باشد! |

استاد با دو گیلاس وارد می‌شود. از این لحظه تا آخر فریفته آرام و شمرده صحبت می‌کند ولی استاد هر لحظه مضطرب‌تر و آشفته‌تر و عصبانی‌تر و عصیان‌زده‌تر می‌شود.

| استاد | جشن جالبی است؟ |

استاد دستپاچه است و فریفته فقط استاد را نگاه می‌کند.

| فریفته | می‌نوشم بسلامتی آنهائیکه دانسته می‌نوشند. و آنهائیکه عاشق هستند و بخاطر عشق می‌نوشند. |
| استاد | می‌نوشم به‌افتخار آنهائیکه با هدف زنده‌اند و با هدف زندگی می‌کنند. |

مشـروب را می‌نوشـند. البتـه هـر دو ابتـدا تـا نصـف لیـوان را می‌نوشـند.

فریفته خوشمزه‌ترین مشروبی بود که تاکنون نوشیده بـودم، امـا کمـی تـرش بـود، بـاز هـم می‌خوریـم مشـروب نمـی‌آری؟

استاد همین الان.

استاد سـرفه می‌کنـد و قصـد دارد گیلاس‌هـا را ببـرد کـه فریفتـه مانـع می‌شـود.

فریفته نه گیلاس‌ها باشه بهتر نیست شیشه شراب را بیاوری.

استاد موافقم.

استاد خارج می‌شـود فریفتـه گیلاس‌هـا را برداشـته بعـد از کمـی نـگاه جـای آنهـا را عـوض می‌کنـد. لیـوان خـود را جلـوی اسـتاد و لیـوان اسـتاد را جلـوی خـود می‌گـذارد. هنـوز شـراب در لیوان‌هـا باقـی اسـت. اسـتاد داخـل می‌شـود بـا دو شیشـه شـراب. بـه چشـم‌های فریفتـه نـگاه می‌کنـد.

استاد ایـن هـم دو شیشـه شـراب (اسـتاد می‌نشـیند) می‌نوشـم بسـلامتی زیباتریـن چشـم‌های دنیـا.

فریفته و من می‌نوشم به امید آینده... به امید عشق ...

هـر دو می‌نوشـند و دوبـاره گیلاس‌هـا پـر می‌شـود. سـرفه‌های اسـتاد شـدیدتر می‌شـود فریفتـه آرام اسـت.

استاد هیچ‌وقت تا این حد ترا آرام و خوشحال ندیدم؟

سرفه شدید استاد.

فریفته و تو هی‌چوقت آنقدر پریشان و عصبی نبودی؟ مثل اینکه حالت زیاد تعریفی ندارد، چیزی تو را رنج می دهد؟

استاد نه، نه، هیچی من و رنج نمی‌دهد.

سکوت، استاد به نقطه‌ای خیره می‌شود. در این لحظه تمام صحنه، یعنی هم اطاق، هم هتل و هم اطاق استاد روشن می‌شوند. استاد و فریفته شراب می‌نوشند و هر دو با یک نور مستقیم پیدا هستند. پیمان عصبی است. پیمان در اتاق هتل عصبی، عرق کرده، ناراحت، مشغول خواندن مطالبی است که استاد برای او فرستاده است. صدایش خشمناک‌تر و نگران‌تر و و بلندتر می‌شود.

پیمان و سم اختراع شده روی خرگوش سفید خانگی آزمایش شد. نتیجه موفقیت‌آمیز و این اختراع اولین قربانیش را داد. (**با خودش حرف می‌زند**) عجیبه استاد این مدت توی زیر زمین سم اختراع می‌کرده، یک سم جدید.

صدای پای چند نفر که از پله‌ها بالا و پائین می‌روند. در می‌زنند، پیمان همچنان در حال مطالعه است. شدید در می‌زنند و زنی پیمان را از پشت در صدا می‌کند.

صدای عاطفه پیمان؟ پیمان عزیزم؟ تو چکار می‌کنی؟ من هستم

عاطفه، درو بازکن خواهش می‌کنم در را باز کن.

پیمان (**فریاد**) دیوانه‌ها ولم کنید برید گم شوید. (**شئی را بطرف در پرتاپ می‌کند**) گم شوید حوصله هیچ‌کس و ندارم.

صدای عاطفه پیمان خواهش می‌کنم بازکن. پیمان تو داری چکار می‌کنی؟ آنجا چه خبره؟

صدای مردی قربان شما حالتان خوب نیست دکتر خبر کنم؟

پیمان (**فریاد**) گفتم برید گم شوید، ولگردهای بی‌فکر، دیوانه‌های مزاحم، احمق‌ها، ولم کنید راحتم بگذرایـد.

صدای عاطفه باید درو بشکنیم، باید دکتر خبر کنیم، عجله کنید آقای مدیر نامزدم داره از دستم میره عجله کنید نامزدم دیوانه شده.

صدای مردی من همین الان به پلیس خبر می‌دهم، به دکتر هم تلفن می‌کنم. اصلاً با آتش‌نشانی هم تماس می‌گیرم تا گروه نجات بفرستند.

صدای پا که از پله‌ها پایین می‌روند.

پیمان (**مطالب یادداشت را می‌خواند**) و جشن یادبود سالگرد ازدواج برپا می‌شود. و سم اختراع شده در شراب فریفته زیباترین و با اراده‌ترین زن عالم ریخته می‌شود. نه استاد این این نقشه نباید عملی شود نباید.

فریاد زنان بطرف تلفن می‌رود تلفن قطع است. بعد از کمی سرگردانی سراسیمه از در اطاق خارج

می‌شـود. ایـن قسـمت از صحنـه خامـوش می‌شـود و اطـاق اسـتاد کامـلاً روشـن می‌شـود.

استاد — مـادرم پاک‌تریـن و بـا محبت‌تریـن دوسـتم بـود. پـاک مثـل آفتـاب و صـاف چـون سـتارگان آسـمان و برادرانـم خـوب و بـا محبـت بودنـد. امـا گاهـی چنـان خیـال مـرا رنـج می‌دادنـد کـه آسـمان بـه حالـم می‌گریسـت.

فریفته — وضـع تـو بی‌شـباهت بـه مـن نبـود، منتهـا مـن بالاخـره موفـق شـدم از ناامیـدی امیـد بسـازم و سـاختم.

(سـکوت. فریفتـه بطـرف بالکـون مـی‌رود روی صندلـی راحتـی می‌نشـیند.)

فریفته — من عاشق شدم.

سـرفه شـدید اسـتاد، مضطـرب و پریشـان و عصبـی و چشـمهایش گـرد شـده اسـت.

استاد — عاشق؟

فریفته — آره عاشـق تـو شـدم. عشـق برخـلاف آنچـه کـه اول تصور می‌کـردم خیلـی مقـدس و پـر قـدرت هسـت. آنقـدر پـر قـدرت کـه می‌توانـم بخاطـر آن گیـلاس ممـزوج بـه سـم را دانسـته و بخاطـر عشـق بنوشـم و آرام منتظـر مـرگ باشـم. مرگـی کـه عشـق را جاودانـه می‌کنـد..

استاد — (صـدای اسـتاد کم‌کـم بـه فریـاد تبدیـل می‌شـود) تـو، تـو می‌دانسـتی کـه مـن تـو شـراب سـم ریختـم؟ آره تـو می‌دونسـتی و بـا وجـود ایـن خـوردی؟

فریفته — بلـه می‌دانسـتم و حتـی می‌دانسـتم کـه تـو در ایـن مـدت در زیـر زمیـن یـک نـوع سـم می‌سـاختی کـه

تاکنون وجود نداشته باشد. سمی که شیرین و خوشمزه باشد، وقتی خرگوش را به آزمایشگاه فرستادند فهمیدم.

استاد وای خدای من؟ نه، نه این تجربه و علم را از من بگیر، من وسیله‌ی نابودی خودم را ساختم...

فریفته امروز طبیعت چقدر زیبا شده، چه هوای آرام‌بخشی چه باد ملایمی می‌وزد.

استاد در اطاق می‌چرخد و حالت دیوانه‌واری دارد و فریاد می‌زند.

استاد طبیعت استاد توانایی است که در پایان دادن نقاط پی‌درپی سرنوشت ازلی کوچک‌ترین تخیلی ندارد و بزرگ‌ترین حوادث و موانع اگر فرض وجود آنها ممکن و معقول باشد راه او را نمی‌توانند بسوی دیگر برگردانند، و طبیعت بقدری در هدایت اعضا فرضی خود که می‌خواهد مختار است که محال را هیچگونه آزادی برای موجودی باقی نگذاشته. و هنگامی‌که من از قوا و چیزی که طبیعت بمن بخشید می‌خواهم استفاده کنم چنان بی‌خیر از اوامر اجباری طبیعت که همواره در مسیر و تحت فرمان آن هستم که قادر نبوده‌ام شرایط فعلی وجود خود را با غیر خود مقایسه کنم، اندیشه می‌نمایم که من در اندیشه و اجرای اراده خود مختار مطلقم و حتی طبیعت برای من قوام و ارزش قائل شده و خصوصیت منحصری به‌من بخشیده که شاید خود او هم فاقد چنین اختیاری باشد و همین قدرت باعث نابودی من است.

	وای خدای من چرا با خودم چنین کردم؟ چرا؟
فریفته	آرام باش تو هم چون من مسمومی.
استاد	مسموم؟ دیگر جای تحمل نیست. صبر و شکیبایی معنی ندارد. باید همه چیز مسموم شده باشد، همه چیز جز دریا.
فریفته	گفتم آرام باش بیا اینجا کنار من بنشین هوا خیلی لذت‌بخش است، هوا تنها هواست که می‌توانی تا چند لحظه دیگر از آن استفاده کنی. بدون اینکه زیانی بتو برساند.
استاد	هوا هم مسموم است، اگر مسموم نبود راه صلاح را می‌شناخت و حقیقت با دست و زبان وارد می‌شد. و چون چنین نیست از برخورد نفرت‌انگیز هوا فقط دل یاغیان مطمئن گردیده است.
فریفته	دلی که عاشق باشد حتی هوا هم در آن تاثیری ندارد.
استاد	دل مبدأ و منتهای فساد یا صلاح است. بشر دائماً رانده می‌شود. و هیچ‌کس مکان ثابت و آرامی در دنیا ندارد. تا جهت آسایش بدان باز گردد. و تو بعد از این همه سرگردانی‌ها به چه می‌نگری؟ آرامش یا آوارگی؟ اگر آسایش را می‌جویی قبرها را مرمت نکن و زشتی‌ها را به جهت عمران آن دامن مزن. و اگر آوارگی را، حقیقت زندگی می‌جویی برایت لذت‌بخش نخواهد بود و محیط مرگ برایت غرق رنج و سم است. **(اشاره به فریفته و جست و خیز کنان فریاد می‌زند)** و من تو را می‌کشم چون

بیمنـاک خواهـم بـود کـه بعـد از مـن در ایـن جهان هستی تـو باقـی بمانـی و بـه بشـر بـدل شـوی و ایـن انتهای عصیان مـن اسـت. (آهسـته) چه تو پاک‌ترین، زیباترین و قدرتمندترین موجـود روی زمیـن هستی و مـن حـل شـده در وجـود تـو.

استاد روی زمین می‌افتد و به‌سختی قدرت کلام دارد.

صدای استاد
و خـود بـه دریاهـا می‌پیونـدم چـه مـن چـون بشر مجرم هستم و دریا قدرتمندترین و سرکش و مغرور، شاید که چون دایـه‌ای مهربان پذیرایـم باشد و ظاهرم بسازد.

صـدای اسـتاد خامـوش می‌شـود. فریفتـه آرام در صندلی نشسته و تنهـا صـدای صندلـی اسـت کـه وجـود آدمـی را در آنجـا نشـان می‌دهـد. در ایـن لحظه پیمان سراسـیمه وارد می‌شـود و در جسـتجوی اسـتاد و فریفتـه اسـت.

پیمان
استاد این کار را نکنیـد ایـن احمقانه‌تریـن اشـتباهی است کـه یک‌نفـر ممکنه بکنه. (متوجـه فریفتـه می‌شـود بطـرف او مـی‌رود) عروسـی تمـام شـد، مـن دیر به جشن رسیدم، فریفته مـن دعـوت نشـده بـودم. اگـر می‌شدم، بموقـع مـی آمـدم. آره به‌موقـع می‌آمـدم...

پیمـان رفتـه و روی صندلـی اسـتاد می‌نشـیند و نـور کم‌کـم تاریـک می‌شـود.

پایان تابلوی پنجم.

تابلوی ششم.

صحنه‌ی پارکی را نشان می‌دهد. دوتا نیمکت بطرف خارج مشرف به خارج پارک و خانه‌ای بزرگ وسط صحنه گذاشته شده. پشت نیمکت‌ها با درخت‌های بلند و بوته‌های علف پوشیده شده و دید نمی‌شود. اطراف را گل‌ها و درختان پوشانده‌اند و محل را دنج و از دید دیگران مصون کرده است. پیر مرد کوتاه قدی، آقای پی، با ریش‌های سفیدی و ژنده پوش روی نیمکت سمت راستی نشسته است و مستقیم به پنجره‌ی خانه مقابل پارک خیره شده است. پیر مرد بلندقد، آقای دی، روی نیمکت دومی نشسته و به آقای پی خیره شده و از او بسیار ناراحت است.

آقای دی   مثل اینکه هوا بیش از آن سرد شده که فکر می‌کنم حتی دیگه با پالتو هم نمی‌شه تحمل کرد. باید لباس زخیم پوشید یا مثلاً پتویی چیزی رودوش انداخت درغیر اینصورت استخوان‌های ما دیگه تحمل

چنین سرمایی رو نداره و نمی‌تونیم مثل همیشه هرروز روی صندلی بنشینیم و طبیعت و نگاه کنیم. پرنده‌ها رو (**می‌خندد**) از این به‌بعد باید تو خانه نشست و چهاردیواری را نگاه کرد. عنکبوت‌هایی که سقف خانه را فرش نخ فرنگ کرده‌اند (**می‌خندد**) گاهی هم از پنجره بیرون و سوک زده و فقط سفیدی دید، برف‌ها را تحسین کرد اینطوریست دوست من.

سکوت

آقای دی	بالاخره می‌فهمم تو کجا رو دید می‌زنی...

آقای دی پشت سر آقای پی رفته و از نیمکت بالا رفته روی دسته پشت نیمکت می‌ایستد و به پنجره نگاه می‌کند در این لحظه آقای پی از جا بلند می‌شود و مثل چند لحظه قبل چند قدمی جلو می‌رود و با بلند شدن آقای پی، آقای دی به زمین می‌خورد و نیمکت برمی‌گردد.

آقای دی	آهای آقای عزیز مگر دیوانه شدید حالا چه وقت بلند شدن بود همه کارهای شما بی‌موقع است نکند شما دیوانه‌اید.

صدای نگهبان پارک خانم از توی چمن‌ها بیایید بیرون، بفرمائید دست بچه‌هاتونم بگیرید گل‌ها رو نچینند اینجا پارکه نه خانه شخصی.

آقای دی	ممکنه کمک کنید نیمک تو بلند کنیم اگه اون نگهبان ببینه دیگه جای ما تو این پارک نیست... جوون که بودم این نیمکت و تو با دندون بلند

می‌کـردم حتـی سـنگین‌تر از ایـن و هـم بلنـد می‌کـردم. از شـما متشـکرم کـه بمـن کمـک کردیـد. راسـتی سـیگار میـل داریـد. فرامـوش کـرده بـودم چندتایـی سـیگار دارم بـرای رفـع سـرما بـد نیسـت. بفرمائیـد تـا مـن کبریـت پیـدا کنـم. مثـل اینکـه کبریـت نـدارم. شـما کبریـت ندار یـد؟

آقـای پـی کبریتـی از جیـب درآورده بـدون اینکـه نگاهـی بـه او بکنـه روی نیمکـت می‌گـذارد امـا سـیگار را برنمـی‌دارد.

آقای دی شما نمی‌کشید. اشکال نداره. فقط برای خودم آتیش می‌زنم.

آقـای دی بلنـد شـده اطـراف را نـگاه می‌کنـه و بعـد ازکمـی فکـر چنـد چـوب خشـک و مقـداری کاغـذ برداشـته زیـر نیمکـت محلـی کـه آقـای پـی نشسـته ریختـه و آتـش می‌زنـد و جـای خـود می‌نشـیند آقـای پـی بـا رسـیدن آتـش از جـای خـود می‌پـرد.

آقای پی کوتوله دیوونه...

آقای دی بلـه بلـه، چی گفتیـد آقا؟ بنـده نشـنیدم ممکنـه حضرت‌عالی یکبـار دیگـه تکـرار کنیـد...؟

آقای پی گفتم مزاحم مردم نشوید، آقای کوتوله.

آقای دی آقـای کوتولـه‌ی خپلـی مواظـب حرف‌زدن‌تـان باشـید و بـه حریـم شـخصی کسـی تجاوز نکنیـد، درثانـی مگـه شـما انسـان متکلـم نیسـتید؟ چـرا حـرف نمی‌زنیـد خیـال می‌کـردم لال باشـی امـا بالاخـره حـرف زدی. نمی‌خواهیـد ادامـه بدیـد؟

آقای پی به ساعتش که همیشه ازجیب بیرون می‌آورد نگاه می‌کنه.

آقای پی : آقا مثل اینکه ساعت من خوابیده ساعت شما چنده؟

آقای دی : درست ساعت ۴و ۳۵ دقیقه و ۱۴ ثانیه ... شما منتظر کسی هستید؟

آقای پی : ساعت ۴و ۳۵ دقیقه و ۱۴ ثانیه.

آقای دی : دیرکرده؟

صدای قهقهٔ زن و مردی و بعد صدای شکستن شیشه‌ای.

آقای پی : نه، نباید اینطوری می‌شد باید طبق معمول پیش می‌رفت، مثل همیشه. نکنه اتفاقی افتاده باشه اون نیومد.

آقای دی : ممکنه بفرمایید، آقای لندهور شما راجع به چی حرف می‌زنید و کجا رو نگاه می‌کنید؟ اصلاً اون بالاها چه خبره؟

آقای پی : (دوباره میره تو خودش و با خودش حرف می‌زند) من باید اون و ببینم ...باید بهش حقیقت و بگم ...من تا تو پیدات نشه از اینجا تکون نمی‌خورم ...هر روز روی این نیمکت می‌نشینم و منتظرت می‌مانم.

آقای دی : آقای دراز لندهور تا چند دقیقه‌ی پیش که حرف نمی‌زدید. اما حالا دیگه اجازه حرف زدن رو به کسی نمی‌دید، نکنه آتیش بهتون رسیده و حرارتی‌تون کرده. اجازه بدید با نوبت حرف بزنیم. خب شما راجع به چی حرف می‌زدید؟

آقای پی	بشما مربوط نیست آقای کوتوله. به کارخودتون برسید.
آقا دی	بله آقا، چی گفتید؟ متوجه نشدم؟ شما به من توهین کردید؟
آقای پی	**(دوباره میره تو خودش و با خودش حرف می‌زند)** اون همیشه تا این موقع روز اقلاً دو سه بار اون پنجره رو باز می‌کرد و توی اون ایوان ظاهر می‌شد ...روی صندلی راحتیش می‌نشست و اینجا را نگاه می‌کرد. نمی‌دونم چرا دیگه پنجره را باز نمی‌کنه ...و توی اون ایوان ظاهر نمی‌شه ...تا اون پنجره باز نشه اون تو ایوان نیاد ` و من او را نبینم، از اینجا نمیرم.
آقای دی	**(فریاد)** نگفتم شما باید آدم دیوونه‌ای باشید... دیوونه وحیض. هرروز کارتو ول می‌کنی و می‌آیی تو این پارک می‌نشینی و پنجره‌ی خونه‌ی مردم رو دید می‌زنی. آقا مگر نمی‌دونید که اینجا روی همین صندلی که شما نشستید وکارهای خلاف عفت می‌کنید اشخاص محترم دیگری هم می‌نشینند یا نشستند، مگر نمی‌دونید که این کارها از نظر قانونی جرم داره؟ زندون داره؟ هان؟
آقای پی	کاش می‌تونستم به اون بگم کی هستم. آخه مگه اون که توی اون خونه هست اگه بفهمه که من کی هستم چی میشه؟ دنیا خراب میشه؟ کتاب خدا غلط میشه؟
آقای دی	می‌تونم از شما تقاضا کنم مرا در جریان امر بگذارید

تا نظر خودمو اعلام کنم.

صدای بسته شدن پنجره‌ای وکشیدن پرده.

آقای پی پنجره رو هم بست پرده‌ها رو هم کشید. امروز همه چیز عوض شده همه‌ی قانون‌ها اشتباه و عوضی اجرا میشه، طبق معمول همیشه نیست.

آقای دی آقا شما چه کاره‌اید؟ کارگرید؟

آقای پی نه.

آقای دی کارمندید؟

آقای پی نه.

آقای دی حتماً آموزگارید، از سرو وضعتان پیداست؟

آقای پی نه.

آقای دی شاید پلیس باشید. از پلیس هر قیافه‌ایی بعید نیست؟

آقای پی نه.

آقای دی پس حتماً نویسنده‌اید؟ اونهم نمایشنامه‌نویس و حالا عاشق شدید. در اینصورت ناراحتی نداره بالاخره خودکشی می‌کنید پس معطل نشید بلند شید و خودتونو دار بزنید. راحت راحت می‌شید.

آقای پی من یک پیرمرد ضعیف وبیچاره‌ای هستم مثل تو.

آقای دی مثل همهٔ پیرها نه من.

آقای پی می‌ترسم از نزدیک باهاش حرف بزنم چند دفعه رفتم می‌خواستم حقیقتو بهش بگم اما نتونستم.

آقای دی خب غصه نداره راه‌های زیادی برای اینکار هست

مثلاً با نامه.

آقای پی باید به اون نزدیک بشم تا نامه رو بهش بدم، نمی‌تونم... نمی‌زارند ... دیگه چه راهی بنظرت می‌رسه؟

آقا دی اینکه ناراحتی نداره نامه رو کسی دیگه می‌بره، مثلاً من، یا اینکه می‌تونیم از همین‌جا با اون حرف بزنیم، بله صداش می‌کنیم و بهش می‌گیم.

آقای پی این بهتره پس صداش بزن...

آقای دی جلو آمد و دستش را زیر گوش گذاشته فریاد می‌زند.

آقای دی آهای خانم عزیز پنجره‌هاتونو باز کنید عرضی داشتم. آهای خانم عزیز... آهای؟ می‌گم چطوره تو هم بهم کمک کنی که صدا به اون برسه. باهم صدا می‌کنیم. شروع می‌کنیم یک ـ دو ـ سه...

آقای دی آهای خانم عزیز؟ پنجره را باز کنید.

آقای دی پنجره را باز کنید صدا بیاد تو. نه خیر باز نمی‌کنند.

آقای پی یک دفعه دیگه صدا کنیم.

آقای دی باشه. یک ـ دو ـ سه

آقای پی و آقای دی آهای؟ آهای آقای عزیز آهای خانم عزیز صدای ما را می‌شنوید؟

آقای پی من آقای بلند پرواز هستم. بلند پرواز، می‌شنوید، مگر کرید، باز کن اون پنجره لعنتی را باز کن من آقای پی هستم آقای پی.

صدای شیشه‌ای و داد و فریاد زنی که می‌گوید

ولـم کـن اینکـار و نکـن تـرا بـه خـدا اذیـت نکـن. بسـه ـ بسـه...

آقای پی | داره اتفاقی می‌افته. آره اتفاق بدی. نکنه اونو بکشه؟ نکنه فهمیده باشه.

آقای پی حرکت می‌کند.

آقای دی | کجا میری؟

آقای پی | (با فریاد) میرم کمکش، میرم ببینم چه اتفاقی افتاده.

آقای دی | من اینجا منتظر هستم برام خبر بیار ببینم چی شده. اگه کمک خواستی بیا دنبالم... برمی‌گردی که؟

صدای آقای پی | آره بر می‌گردم. برمی‌گردم.

آقای دی | کمی اطراف را جستجو می‌کند و بعد روی نیمکت می‌نشیند. بعد از چند لحظه آقای پی از سمتی که خارج شده بود وارد می‌شود و ناراحت گوشهٔ دیگر نیمکت می‌نشیند.

آقای دی | معلومه که از رفتن پشیمون شدی که برگشتی. این بهتر شد. حداقلش اینه که من تنها نیستم. ناراحت نباش. خوبیش اینه که ما باهم هستیم وتو تنها نیستی می‌تونیم باهم حرف بزنیم. بازی کنیم. مثلاً ورق‌بازی. یا شاه بازی یا دزدوپلیس...

صدای آژیر آتش‌نشانی می‌آید هر دو وحشت می‌کنند. همان‌طور که نشسته‌اند سعی می‌کنند خود را مخفی کنند، صدا قطع می‌شود و آقای

پـی روبـرو را نـگـاه مـی‌کـنـد و آقـای دی سـعـی مـی‌کـنـد بـا او حـرف بـزنـد.

آقای دی	بـلای آسـمـانی بـود کـه گـذشـت... تـو نـبـایـد تـرسـیـده بـاشـی؟ چـرا حـرف نـمی‌زنـی نـکـنـه تـرسـیـدی؟
آقای پی	نه نترسیدم، یعنی دیگه از هیچی نمی‌ترسم.
آقای دی	پـس چـرا لال‌مـونی گرفـتی؟ اصلاً تـو چـرا رفـتی؟ چـرا برگـشـتی؟ هـان چـرا؟
آقای پی	بسته بودند.
آقای دی	چی بسته بود؟ در پارک؟
آقای پی	آره. می‌خواستم از دیـوار بـرم. امـا نگهبان دیـد و دنبـالـم کـرد و مـی‌خـواسـت بـبـردم زنـدان.

آقـای دی بـه فکـر فـرو مـی‌رود. بعـد از چـنـد لحـظـه سکـوت آقـای پـی او را بـه خـود مـی‌آورد.

آقای پی	داری چیکار می‌کنی؟
آقای دی	فکر می‌کنم.
آقای پی	به چی فکر می‌کنی؟ حالا چی دستگیرت شده؟
آقای دی	چیـز زیـادی نفـهمیدم. امـا یکدفعـه بفکـرم رسید کـه اگـه همـه چیـز بهـم بخـوره چـی میشه؟
آقای دی	میگم ها اصلاً بیا و از فکرش بیا بیرون و ولش کن.
آقای پی	اگـه اونـو ولـش کـنم پـس بـه چـی دلمـو خـوش کـنم؟ اونوقـت بـه چـی فکر کـنم؟ بیـکار میشم. نـه اینکار درست نیسـت. نبـایـد ولـش کـنـم چـون ...

آقای دی	چی بهتر از این، تا می‌تونی می‌خوابی.
آقای پی	وقتی خسته شدم چی؟
آقای دی	مگر خوابم آدمو خسته می‌کنه؟
آقای پی	زیادش بله.
آقای دی	خب اگه ولش کنی بالاخره یک کاری می‌کنیم... مثلاً با هم حرف می‌زنیم. از خودمان، ازگذشته، از آینده از اون، چه اون پشت می‌گذره.
آقای پی	کدوم پشت؟
آقای دی	پشت اون دیوارها. توی اون خونه‌ها. جاهای دیگه. خیلی جاهاست که ما نمی‌بینیم. اما راستی اونجاها چی می‌گذره؟
آقای پی	من نمی‌دونم یعنی اصلاً بهش فکر نکرده بودم. برای من فقط پشت آن پنجره، اون ایوان مهمه... همه‌ی دنیای من پشت آن پنجره است.
آقای دی	من هم نمی‌دونم اما بهش فکر کرده بودم. شاید بخاطر اینکه من هیچ پنجره‌ای ندارم که به پشتش فکر کنم.
آقای پی	ولی من فکر نکرده دنبالش بودم. دیدی که همیشه آنجا را نگاه می‌کردم و دنبالش بودم.
آقای دی	دنبال چی؟
آقای پی	راستی من چی‌رو قرار بود ولش کنم تو یادته؟
آقای دی	نه مگه تو به چیزی فکر می‌کردی؟
آقای پی	آره.

آقای دی	به چی؟
آقای پی	نمی‌دونم، فقط به امید فکر می‌کردم.
آقای دی	امید؟ امید زنه یا مرده؟
آقای پی	امید؟ یادم رفت.
آقای دی	می‌گم بیا فکر کنیم اما دونسته، نه ندونسته.
آقای پی	به چی؟
آقای دی	به اونجاها، پشت اون دیوارها، توی اون خونه‌ها. جاهائی که ما نمی‌بینیم.
آقای پی	ولی من اونجاها را حس می‌کنم.
آقای دی	ولی من حس نمی‌کنم ...بیا فکر کنیم ...شاید من هم حس کنم، قبول داری؟
آقای پی	چاره‌ی دیگری هم دارم! قبول، فقط تا وقتی که اون تو پنجره یا تو ایوان ظاهر شه.
آقای دی	خب تو آن‌طرف بشین. منهم این‌طرف. من ترجیح می‌دهم همدیگر رو نگاه نکنیم. چون هواسمان پرت میشه.
آقای پی	باشه. اما نکنه همدیگر را گم کنیم؟
آقای دی	نه، نباید گم بشیم ...هر وقت فکر کردیم داریم گم میشیم فریاد می‌زنم.
آقای پی	باشه.

یکی در طرف راست و دیگری طرف سمت صحنه پشت بهم می‌نشینند.

آقای پی	نکنه فکر کنیم و فکرمون خسته بشه.
آقای دی	نـه، یـادت نـره تمـام فکـرات یـادت باشـه چــون بایـد بنویسـیم و ثبـت کنیـم.
آقای پی	ثبت؟
آقای دی	آره بـرای آینـده‌ها لازم اسـت بـرای اینکـه دیگـه اونـا فکـر نکننـد.
آقای پی	چـرا فکـر نکننـد؟ کسـی کـه فکـر نکنـد بـا آدم مـرده چـه فرقـی دارد؟
آقای دی	خـوب کمتـر فکـر کننـد... دوسـت عزیـز زمـان رو فرامـوش نکـن در ثانـی حـالا وقـت فکـر کردنـه.
گوینده	راسـتی آنهـا بـه چـه فکـر می‌کننـد؟ بـه آینـده؟ بـه گذشته؟ بـه حـال؟ و آیـا فکـر کـردن آنهـا لزومـی دارد؟ راسـتی اگـه فکـر نکننـد چـی میشـه؟ چـرخ روزگار لنـگ میشـه؟ یـا مـا دیگـه تفاوتـی کـه بیـن سـتارگان اسـت را تشـخیص نمی‌دهیـم و به‌خیال اینکـه بطـرف مـاه می‌رویـم راهـی خورشـید می‌شــویم؟ در آن‌صورت خیالمـان راحـت اسـت کـه دیگـر انسـان باقـی نمی‌مانیم یـا بـاران گداختـه می‌شـویم یـا بخـار سـوخته؟ راسـتی شـما، یـا آن آقـا البتـه فرقـی نمی‌کنـه ایـن خانـم یـا آن دختـر خانـم، آن جـوان، راسـتی مـن هـم دچـار فراموشـکاری شـده‌ام، گفتـم فرقـی نمی کنـد، همـه شـما تـو ایـن سـالن نشسـته‌اید وجمـال بی‌وصـال منـو تماشـا می‌کنیـد. هیـچ شـده بـه خودتـون فکـر کنیـد. فکـر اینکـه کـی هسـتید؟ ازکجـا آمده‌ایـد؟ یـا راهـی رو کـه بـدون اراده‌ی خودتـان در مسـیرش افتادیـد وحرکـت می‌کنیـد،

بخاطر چه چیزی است و به کجا ختم می‌شود؟ یا اصلاً چرا در این راه در حرکت شدید؟ ماندن و نماندن، حق وحقیقت چه معنی برای شما می‌دهد؟ و البته سخن دراز است و اگر بگویم تمام هدف من فقط گذراندن وقت بود و اینکه کمی شما را سرگرم کنم تا دوستانمان فرصتی برای فکر کردن داشته باشند و حالا احساس می‌کنم وقت من پایان یافته است و کافی است و فقط به این اکتفا می‌کنم که فکر کردن آنهم زیادش شاید عاقبت خوشی نداشته باشد. چرا که شما را از زندگی متعادل‌تان خارج می‌کند که به اوروج منتهی خواهد شد، چندان برایتان رضایت آمیز نباشد، درست مثل این دوستان.

گوینده خارج می‌شود. آقای پی با نور مشخص می‌شود و ذهنیات او بوسیلهٔ پخش صداها و نورهای مختلف زنده می‌شود. این ذهنیات و تصور آنها از آرزوهای جوانی شروع شده تا ضعف و پیری ادامه می‌یابد. و بعد آقای دی با نور مشخص می‌شود و عین آقای پی ذهنیات او تصویر می‌شود و بعد هر دو با نور مشخص شده و ذهنیات آنها عروج می‌کند و بطور نامفهومی ادامه دارد. آقای پی ازجای خود با چشمان بسته بلند می‌شود اما قادر نیست خود را کنترل کند، در حالی که تمام صداها قطع می‌شود و سکوت حکم‌فرماست، دردی در گوش و مغزش می‌پیچد، در این موقع صدائی درگوش آقای پی می‌پیچد : « شمارش معکوس

... ۱۰۰ - ۹۹ - ۹۸ - ۹۷ - ....» آقـای پـی در حالـی کـه شمـارش معکـوس را زمزمـه می‌کنـد، بـه حالـت خلسـه می‌افتـد. دراین لحظـه درحالـی کـه شمـارش معکـوس بـه آرامـی ادامـه دارد. نـور سفیـد می‌شـود و آقـای دی تکانـی خـورده بلنـد می‌شـود. شمـارش معکـوس کم‌کـم محـو می‌شـود. آقـای پـی همچنـان آرام خوابیـده اسـت.

آقای دی   مـن کـه بجایـی نرسیـدم. پیشـنهاد آتش‌بـس می‌دهـم. چیـزی نمانـده شکسـت بخـورم قـوای دشمـن خیلـی قوی‌تـر اسـت، فکـر مـن و از کار انداختـه. (**می‌خنـدد، برگشتـه متوجـه آقـای پـی می‌شـود کـه خـواب اسـت.**) توخوابی؟ ایـن درسـت نیسـت تـو قـرار بـود فکـر کنـی نـه اینکـه بخوابـی مثـل همیشـه. مثـل همـه تقلـب کـردی. منـو یـاد مدرسـه انداختـی یـاد تقلب‌هایـی کـه تـو امتحـان می‌کـردم بخصـوص درس عربـی - فقـه - جبـر و مثلثـات و حسـاب و هندسـه و زبـان فارسـی... هـی گفتـم بلنـد شـو. مثـل اینکـه خیـال نـداری بیـدار شوی؟ نکنـه تـو از اونهایـی هسـتی کـه صـور اسـرافیل بایـد بیدارشـون کنـه؟ نکنـه مـرده باشـی؟

آقـای دی رفتـه و آقـای پـی را تکان می‌دهـد. آقـای پـی از حالـت خلسـه در آمـده روی زمیـن می‌افتـد. بعـد از کمـی کـه بخـودش می‌آیـد و می‌فهمـد کجاسـت و نمـرده اسـت بـه آرامـی بصـدا می‌آیـد.

آقای پی   راحتـم بگـذار، دیگـه حـرف نـزن، تـو از حـرف زدن بی‌خـودی چـه نتیجـه‌ای می‌گیـری؟

آقای دی	بله متوجه نشدم با بنده بودید؟
آقای پی	آره با تو بودم آوازه‌خوان کور با تو که فقط یک زبان داری و یک دهن که از آن فقط یک صدا بیرون میاد.
آقای دی	من چشم دارم.
آقای پی	کوره.
آقای دی	گوش دارم.
آقای پی	کره.
آقای دی	دندون دارم.
آقای پی	کند.
آقای دی	بینی.
آقای پی	گرفته.
آقای دی	دست دارم، پا دارم، شکم دارم، سینه، سر، عقب، جلو ...
آقای پی	صاحبشان نیستی. فرضیه.
آقای دی	عقیده دارم، عقل دارم، فکر دارم.
آقای پی	مسمومه.
آقای دی	ایمان.
آقای پی	معنی نداره، بازی با الفاظ است.
آقای دی	بس کن، من دیگه به این بازی ادامه نمی‌دهم.
آقای پی	نمی‌تونی. تو خودت بازی را شروع کردی. پیشنهاد خودت بود.

آقای دی پـس ایـن یـک بازیـه؟ خـب زودتـر می‌گفتـی، اتفاقـاً... مـن بـازی رو دوسـت دارم. همیشـه دلـم می‌خواسـت بـازی کنـم امـا بچه‌هـا بـه مـن بـازی نمی‌دادنـد. بخاطـر همیـن مـن همیشـه یـک تماشـاگر بـودم نـه یـک بازیگـر... گاهـی فکـر می‌کـردم کـه یـک روزی آنهـارو خفـه می‌کنـم چنـد دفعـه هـم یواشـکی توپشـان را دزدیـدم و پـاره کـردم، دروازه‌هاشـونو آتـش زدم. خلاصـه هـر کاری از دسـتم برمی‌آمـد جهـت انتقـام گرفتـن ازآنهـا می‌کـردم. چنـد دفعـه هـم جاتـون خالـی بـود آنهـا منـو دیدنـد و کتـک مفصلـی بهـم زدنـد، آخـر کارم دیگـه هـر وقـت اشـکالی تـو کار بازیشـان پیـش می‌آمـد خیـال می‌کردنـد مـن مقصـرم و سـراغم می‌آمدنـد و خـوب و مفصـل پذیرایـی می‌شـدم، امـا مـن دیگـه آنهـا را اذیـت نمی‌کـردم، یـک نفـر دیگـه بـود، البتـه نمی‌دونـم کـی؟ آره کـس دیگـه انتقـام می‌گرفـت. امـا توهینـش و مـن پـس مـی‌دادم. امـا بالاخـره مـن بازیگـر شـدم وحـالا بـا خیـال راحـت می‌تونـم بـا تـو بـازی کنـم.

آقای پی توعمری است که بازیگری و بازی می‌کنی.

آقای دی با کی؟ با چی؟

آقای پی با خودت. با زندگی.

آقای دی تو شوخی می‌کنی. نکنه این هم جزو بازی است؟

آقای پی مـن دارم حقیقـت و می‌گویـم، حـالا تـو هـر چـی حسـاب می‌کنـی بکـن.

آقای دی تو عوض شدی. منظورت اینه که داری منو تهدید می‌کنی.

آقای پی	من هیچ منظوری ندارم، فقط می‌خواهم تکونت بدهم.
آقای دی	با بازی گرفتنم؟
آقای پی	نمی‌دونم اسمش و چی می‌گذارند، فقط این و می‌دونم که تو خودت این بازی را شروع کردی، با فکر کردن. پیشنهاد خودت بود.
آقای دی	مگر تو راستی راستی فکر کردی؟ آن یک شوخی بود.
آقای پی	اما من جدی گرفتم و فکر کردم.
آقای دی	چی شد؟ چی دیدی؟ به کجا رسیدی؟
آقای پی	کجاشو نمی‌دونم، اما زندگی کردم.
آقای دی	زندگی کردی؟
آقای پی	آره دوباره متولد شدم. بچگی‌هایم را دیدم، بزرگ شدنم، وقتی بازیگر بودم. غرور و جاه‌طلبی‌ام، فتح وافتخارم. می‌خندیدم تا سرحد قهقهه وجنون، اما یکدفعه همه چیز تمام شد.
آقای دی	همه چیز تمام شد؟ آن هم یکدفعه؟
آقای پی	آره، بالاخره من فهمیدم...
آقای دی	فهمیدی؟ چی رو؟
آقای پی	اینکه همه چیز خواب وخیال بود. اینکه با شک و تردید زندگی کردن چقدر سخته، من فهمیدم که عمری است به خودم دروغ می‌گفتم. (**هیجان‌زده می‌شود**) از حقیقت، از راستی و درستی... من یک عمر فرار می‌کردم، از زندگی از آدم‌ها، از خودم، از

ایمانـم...

آقای دی دیگه چی دیدی؟ منظورم اون وقته که فکر می‌کردی؟

آقای پی دیدم که اینجا زندونی‌ام.

آقای دی چی؟ زندونی؟ زندونی کی؟

آقای پی زندونی خواسته‌هام.

آقای دی همین و دیدی؟

آقای پی دیدم که پیرم.

آقای دی چی؟ دیدی که پیری؟ نه ما هیچ وقت پیر نمی‌شویم، من در مورد خودم حتم دارم. من باز هم می‌تونم بازی بازیگران را معطل کنم. هنوز هم می‌تونم تماشاگر باشم. فهمیدی تماشاگر.

آقای پی آدم وقتی پیر میشه، مثل لنگه کفش کهنه‌ای می‌ماند که ماهرترین تعمیرکارها هم نمی‌توانند آنرا به‌شکل و شمایل اولش دربیاورند و این حقیقتی است که من و تو از آن فرار می‌کردیم. ما فرار می‌کردیم چونکه وحشت داشتیم حتی به ضعف خودمان فکر کنیم. اما تو فکر می‌کنی تا کجا می‌تونی به خودت دروغ بگویی؟ تا کی می‌تونی ادامه بدهی؟

آقای دی وقت می‌خواهم.

آقای پی برای چی؟

آقای دی تو می‌خوای من تسلیم بشوم... اما باید در این بابت فکر کنم.

آقای پی تا آخر عمرت وقت داری، اما این و فراموش نکن تو

	بیشتر از یک پله دیگه نمی‌تونی بالا بری.
آقای دی	آرام چند قدمی برمی‌دارد و جلوی سن آمده با نور مشخص می‌شود در این لحظه صدای گوینده در مغزش می‌پیچد.
صدای گوینده	آخر مرتیکه احمق مگر تو دیوانه بودی که سرنخ دیگری دست او دادی؟ آن‌هم دست یک بازیگر، درحالی‌که تو همیشه تماشاگر بودی. آخر مگر تو خیال زندگی کردن نداشتی؟ خوب بازی را خودت شروع کردی ...تو دیگر بازیگر شدی ...این گوی و این هم میدان و این هم توپ گرد. معطل چی هستی؟ تو خودت بازی را آغاز کردی و مجبوری ادامه دهی. دراین بازی مغلوب باشی یا نه برایت چندان فرقی نمی‌کند. در هرحال تو بازنده‌ای و مغلوب ...آخر می‌خواستی بازیگر باشی؟

آقای دی شروع به فریاد زدن می‌کند.

آقای پی	چی شد؟ چرا فریاد می‌کشی؟
آقای دی	می‌خواهم به بازی ادامه بدهم.
آقای پی	باشد. ادامه می‌دهیم... چی بهتر ازاین. من حاضرم اما از کجا شروع کنیم.
آقای دی	من بازی را شروع کردم، درسته؟
آقای پی	آره درسته.
آقای دی	پس دنباله‌اش را هم من ادامه می‌دهم. قبول می‌کنی؟
آقای پی	باشه ادامه بده.

آقای دی	از تو شروع می‌کنیم. بازی به آنجا رسید که ما فکر کردیم و تو در این فکر کردن از من پیشی گرفتی درسته؟
آقای پی	درسته.
آقای دی	پس ادامه می‌دهیم. تو چی دیدی؟
آقای پی	مرگ و...
آقای دی	ترسیدی؟
آقای پی	یادم نیست. یعنی واقعاً نمی‌دونم.
آقای دی	مرگ چطوری بود؟
آقای پی	گفتم که هیچی یادم نمیاد.
آقای دی	بیا یکدفعه دیگه فکر کنیم... اما بشرط اینکه این دفعه سعی کنی یادت بمانه.
آقای پی	دیگه فکر نمی‌کنم. یعنی فکر کردنم نمیاد.
آقای دی	پس جا می‌زنی؟
آقای پی	نه جا نمی‌زنم، یک راه دیگه پیشنهاد کن، این یکی دیگه کهنه شده.
آقای دی	آره برای همین که یک خورده خسته‌کننده است، در ثانی ما باید امروز رو هم شب کنیم. باید فکر یک بازی دیگه بود. بگذار اندکی فکر کنم. (**کمی فکر می‌کند**) چیزی به فکرم رسید.
آقای پی	چی؟
آقای دی	امتحان کنیم.

آقای پی	چی رو؟
آقای دی	چیزی رو که تو دیدی. مرگ رو.
آقای پی	گفتم من دیگه اون بازی رو نمی‌کنم، بازی دیگه‌ای انتخاب کنیم.
آقای دی	ما امتحان می‌کنیم. منتها با یک بازی دیگه.
آقای پی	با بازی دیگه‌ای؟
آقای دی	آره. ببین آقای دراز لندهور، تو یکدفعه فکر کردی و مردی، اما باز زنده شدی، حالا ما می‌خواهیم یکدفعه دیگه بمیری و زنده شوی منتها نه با فکر کردن.
آقای پی	پس با چی؟
آقای دی	با خودکشی.
آقای پی	من خودکشی کنم؟ نگفتم تو یک سیم کم داری؟ خب مرد حسابی اگر خودکشی کنم که می‌میرم؟
آقای دی	اشتباه تو همینجاست. تو نمی‌میری... چون تو خودت خودکشی نمی‌کنی... من تو بازی به تو تلقین می‌کنم که داری خودکشی می‌کنی... نشان میدم که راه خودکشی چی هست ...که اگر یک روز خواستی خودت خودکشی کنی بدونی ...البته این هم مثل بازی اول یک بازی است.
آقای پی	اگر بازی باشه حاضرم.
آقای دی	یک بازی است. تو این بازی من تو را می‌کشم.
آقای پی	تو منو می‌کشی؟ مگه دیونه‌ای؟

آقای دی	نه رفیق، نترس راست راستکی که نمی‌کشمت، ما بازی می‌کنیم تو این بازی من ترا خفه می‌کنم اونوقت تو مرگ رو می‌بینی مثل بازی اول که فکر ترا کشت و تو مرگ را دیدی، اما زنده شدی تو این بازی هم من ترا می‌کشم و بعدش زنده‌ات می‌کنم.
آقای پی	باشه من حاضرم. اما تو باید خوب حواست جمع باشه اشتباه نکنی‌ها.
آقای دی	خوب حواسم و جمع می‌کنم، تو خیالت راحت باشه. پس شروع کنیم. من که حاضرم.
آقای پی	من هم حاضرم.
آقای دی	خب اول باید یک طناب پیدا کنیم، این‌کار منه.
آقای پی	من باید چیکار کنم؟
آقای دی	فعلاً تو بیکاری.
آقای دی	کمی جستجو می‌کند. بعد از صحنه خارج می‌شود. آقای پی تنها نشسته و به پنجره خیره شده و با خودش زمزمه می‌کند.
آقای دی	شاید انتظار بی‌فایده باشد ...اگر تو به دیدن من نیایی... شاید بهتر است من به دیدن تو بیایم.
	آقای دی بعد از چند لحظه درحالی که طناب بلندی در دست دارد وارد می‌شود، آقای پی همچنان روی نیمکت بی‌حرکت نشسته است و به پنجره خیره شده.
آقای دی	بالاخره پیدا کردم، یک طناب محکم. تو زباله‌ها

بـود، خـدا کنـه پوسـیده نباشـه. یـک خـورده کثیفـه امـا بـکار مـا میخـوره. بههرحـال بودنـش بهتـر از نبودنـش اسـت. خـب حاضـری؟

آقای پی آره باید چیکارکنم؟

آقای دی بازی.

آقای پی بازی؟

آقای دی آره یک بازی و تو بازیگر اصلی این بازی هستی.

آقای پی من بازیگرم؟ باشه. اما تو؟ تو چه کاره‌ای؟

آقای دی من تماشاگر این بازی هستم.

آقای پی فقط تماشاگر؟

آقای دی البتـه نـه فقـط تماشـاگر. ناظـر بـازی تـو. درثانـی طـراح بـازی هـم هسـتم. درحقیقـت مـن هـم بازیگـری هسـتم کـه در پشـت سـر مـردم بـازی می‌کنـم و بـازی مـن تماشـایی نیسـت. درسـت برخـلاف تـو کـه در مقابـل مـردم قـرار داری و بازیـت تماشـایی اسـت و تماشـاگر دارد.

آقـای پـی از روی نیمکـت بلنـد شـده و بـه طـرف آقـای دی کـه بـا زیرکـی و نرمـش خاصـی بـازی را اداره می‌کنـد، رفتـه و طنـاب را از دسـت او می‌گیـرد و بـه آن خیـره می‌شـود. از ایـن لحظـه صداهـای مختلفـی از داخـل و خـارج پـارک بلنـد می‌شـود، آقـای دی را هیجـان‌زده می‌کنـد. امـا مـرد مـرده کوتـاه آرام و مصمـم اسـت. مـرد کوتـاه می‌خواهـد بـازی را بـه

انجام برساند.

آقای دی تو که پشیمان نشدی؟ . . . . بازی را ادامه می‌دهی؟

آقای پی آره ادامه می‌دهم... من هیچ وقت جا نمی‌زنم... انتظار کشیدن دیگه فایده ندارد... بازی باید ادامه پیدا کند... با تو و یا بدون تو.

آقای دی چرا؟ تو می‌دونی چرا ادامه میدی؟

آقای پی شاید... شاید خسته شده باشم... شاید از خستگی باشه.

آقای دی از چی خسته شدی؟

آقای پی از تنهایی ...از انتظار ...از اینکه چشمم فقط تو این پارک باز میشه و در انتظار ظهورش هستم.

آقای دی بطرف او رفته و در حالی‌که مشغول بستن طناب به دور گردن آقای پی می‌شود با او بحث می‌کند .هر چه آقای دی هیجان‌زده‌تر می‌شود، بر عکس آقای پی آرام‌تر شده و به آرامی کلام می‌گوید و این آقای دی را عصبانی کرده و بنای داد و بیداد می‌گذارد.

آقای دی درست مثل من. من هم تنهام. من هم خسته شدم. من همیشه در حال حرکت هستم. اما هیچ‌وقت حرکتم و حس نمی‌کنم.

آقای پی من هم حس نمی‌کنم.

آقای دی مثل تکه چوبی که توگرداب بیفته همیشه می‌چرخم. می‌چرخم اما جایی رو نمی‌بینم. می‌چرخم اما

چرخشم رو هم حس نمی‌کنم.

آقای پی درست مثل زمین به دور خورشید...

آقای دی ما همه مثل هم هستیم. اما وجه تشابه ما در چی هست؟

آقای پی در این‌که خیال می‌کنیم آدم بودن شرط زندگی و زنده ماندن است.

آقای دی خب همه آدم هستند، اما همه مثل من و تو نیستند و فکر نمی‌کنند و شاید هم به آدم بودنشان افتخار می‌کنند. مثلاً آن بیرونی‌ها آنهایی‌که بیرون پارک ما را تماشا می‌کنند مثل ما خسته‌اند. مثل ما تنهایند. مثل ما هیچی را حس نمی‌کنند. نه حرکت ـ نه سکوت ـ و نه ...

آقای پی اما ما یک چیز را حس می‌کنیم. زمان را؟

آقای دی آره فقط زمان... پس ما مریض هستیم.

آقای پی آره. مریضیم و ضعیفیم.

آقای دی آره. مریضیم و ناقص و ضعیفیم.

آقای پی و پیر و ترسو.

آقای دی پیریم و منتظر. اما منتظر چی؟ تو می‌دونی؟

آقای پی در انتظار معجزه و مرگ.

آقای دی تو دروغ می‌گویی، تو داری خودت و من و گول می‌زنی. تو همه چیز و می‌دونی اما می‌ترسی ـ می‌ترسی بهش فکر کنی.

آقای دی با عجله یک سرطناب را که به گردن

پنجره /// عطا شروتی

آقای پی بسته گرفته به خارج از صحنه می‌برد.

آقای دی یک شاخه نیازه.

بعد از چند لحظه در حالی که سر طناب را در دست دارد وارد می‌شود و شروع به کشیدن طناب می‌کند. هر چه بیشتر طناب را می‌کشد، طناب دور گردن آقای پی محکم‌تر می‌شود و بالاخره او زمین می‌خورد و بطرف خارج کشیده می‌شود. نگاهش از ایوان و پنجره برداشته نمی‌شود. آقای دی عصبانی و هیجان‌زده می‌شود. آقای پی هر لحظه به مرگ نزدیک‌تر می‌شود. سر و صداهای خارج پارک درهم ادغام می‌شود و زیادتر می‌شود. زندگی آقای پی بوسیله‌ی سکوت برایش مرور می‌شود و در حقیقت آقای پی در تلاش برای مبارزه با مرگ و زندگی است.

آقای پی نه من نمی‌ترسم. من دروغ نمی‌گویم من چیزی حس نمی‌کنم که بیان کنم، هیچی.

آقای دی الان حس می‌کنی... همین الان. بزودی می‌فهمی که چی را باید حس کنی.

آقای پی تو داری چیکار می‌کنی؟

آقای دی حوصله داشته باش بزودی می‌فهمی.

آقای پی این هم جزو بازی است؟

آقای دی اصل بازی همین است.

آقای دی طناب را می‌کشه. آقای پی هرلحظه

به مرگ نزدیک‌تر می‌شود. آقای پی بسیار آرام است اما مرد کوتاه عصبانی‌تر شده و فریاد می‌کشد.

آقای پی — من دارم خفه میشم تا کی می‌خواهی ادامه بدهی؟

آقای دی — تا وقتی که دیگه نتونی بازی کنی.

آقای پی — اسم این بازی چیه؟

مرد کوتاه — مرگ، مرگ، مرگ، مرگ، مرگ، مرگ...

آقای پی — مرگ شیرینی است.

آقای دی — اصلاح می‌کنم، انتقام، انتقام، انتقام...

آقای پی — انتقام از چی؟ از کی؟

آقای دی — از ضعفم، از کسی که منو اینجوری ساخته ...این مسخره است من دیگه بازیم نمیاد، نمی‌خواهم این بازی را ادامه بدهی ...

آقای پی — تو ناچاری بازی رو ادامه بدی ...چون تو هنوز زنده‌ای.

آقای دی بطرف آقای پی می‌رود. به او خیره می‌شود. او را امتحان می‌کند. می‌بیند که مرده است اما چشمانش بطرف پنجره و بالکون ماتش برده و لبخند بر چهره دارد. چیزی را که مرد کوتاه نمی‌داند این است که فریفته جوان‌تر و زیباتر با لبخندی دلنشین توی ایوان ظاهر شده و روی صندلی راحتی نشسته و با نوری سبز روشن شده و به آقای پی نگاه می‌کند.

آقای دی — ما هیچ‌وقت هیچی را دوست نداشتیم. حتی زندگی

را ...پس برای چی میخوای ادامه‌اش بدهی؟!

در این لحظه مرد پرستاری وارد می‌شود. روی لباس و کلاه سفیدش بزرگ نوشته "تیمارستان محبت"

پرستار   بازم استاد پیمان اینجا قایم شده.

صدا از بیرونه، باید این درخت‌ها و بوته‌ها را قطع کنیم که دیگه این دیوونه‌ها پشتشان قایم نشند.

همه عکس می‌شوند و صحنه تاریک می‌شود. نور کم‌کم می‌میرد.

پایان.